我是60后（增订本）

荆方◎著

南方日报出版社
NANFANG DAILY PRESS
中国·广州

图书在版编目（CIP）数据

我是 60 后 / 荆方著. — 广州 ： 南方日报出版社, 2016.8
ISBN 978-7-5491-1436-8

Ⅰ. ①我… Ⅱ. ①荆… Ⅲ. ①回忆录－中国－当代 Ⅳ. ①I251

中国版本图书馆 CIP 数据核字(2016)第 175475 号

WO SHI LIULINGHOU
我是 60 后

著　　者：荆方
责任编辑：刘志一 陈　静
责任技编：王　兰
责任校对：阮昌汉 王　燕
出版发行：南方日报出版社
地　　址：广州市广州大道中 289 号
经　　销：全国新华书店
印　　刷：广东信源彩色印务有限公司
开　　本：889mm×1194mm　1/16
印　　张：11.25
字　　数：250 千字
版　　次：2016 年 8 月第 1 版
印　　次：2016 年 8 月第 1 次印刷
定　　价：42.00 元

投稿热线：（020）87373998-0503　读者热线：（020）87373998-0502
网址：http://www.nanfangdaily.com.cn/press　http://www.southcn.com/ebook

藏着的赤诚 / 再版自序

六年前的夏天，我的处女作《我是60后》问世了。六年后的这个夏天，《我是60后》付梓再版。

六年光阴，一个生命从呱呱坠地到开蒙入学，经历了懵懂无知到世事渐明的巨大蜕变，对于我，也经历了从驾驭文字的生涩到相对熟练的学习过程。这六年里，除了处女作之外，还陆续出版了四部作品，无论是绘画还是文字，四部作品基本上是沿着《我是60后》的足迹跟随而来。

回望来时路，惭愧和喜悦参半。

惭愧的是，当年这部作品的简陋和粗率，令如今的我不堪卒读，但当时却受到那么多朋友的喜爱，令我汗颜。喜悦的是，当年作品里的天真烂漫呼之欲出，粗陋的文笔也不能掩盖其淋漓的元气，像一个粗手粗脚却热情洋溢的孩子，奔放地行走在白纸黑字间，周身散发着赤诚的光芒。再版修订的时候，虽然添加了近四成的文字，但我一直小心维护的，仍旧是字里行间那粗手粗脚的赤诚。

对于迷茫的生活，我们需要一份明确的热情；对于疲惫的现实，我们需要一声元气淋漓的呐喊。如果说，《我是60后》像一幅童年地图，不同的读者都能按图索骥，在跨越时空的地标里找回初心，那引导他们的，就是这一份藏在地图里的赤诚。它粗手粗脚，笨拙而质朴，带着生命固有的温度和厚度。你留心看会发现，它深浅不一的烙印跟随着我们的成长，一路前行，永无失散。

我是60后

目录 ◎Contents

001 —— 呆萌天使欢乐多

每次脸先着地的跌倒，都能咧开被磕疼的嘴，惊喜地嗅着小草的清香，这种呆萌不单是勇敢，更是智慧。

我的全家福 002
呆萌的单眼皮女生 005
早请示 006
第一首诗 008
车祸 011
玩具 012
吃打虫药 014
泥里面有棵葱 017
卖花姑娘 019
破坏大字报事件 020
黄昏 022
粉琴 025
红小兵 027
骚乎 029
学校门口的小卖部 030
课外活动 032
洗澡 034
毛主席逝世 036
煤气中毒 038
抢购蜂窝煤 040

043 —— **吃货是这样炼成的**

当舌头刚被惊醒，当鼻子刚学会寻找，那些被发现的美味，是舌头和鼻子的初恋。

三岁生日 045
小酒鬼 047
橘子罐头 049
爆米花 050
美味的荤油渣 052
晒豆豉儿 054
野趣 056
大米饭 059
小叔叔的婚礼 060
偷嘴 062
甜糯米粥 064
盗窃团伙 067
红茶菌 068
番茄酱运动 070
买带鱼 072
蓖麻籽的味道 074

077 —— **文青儿梦**

虽然呆萌，但我一直在通向文青儿的路上狂奔，跌跌撞撞，不忘初心。

坐着绿皮儿火车去旅行 078
被吓哭的“粉丝” 081
芭蕾舞鞋 083

听收音机 084
红缨枪 086
一双绣花鞋 088
小广播 090
英雄都说：不知道！ 093
杨子荣 095
织假领 096
院子里来了上海人 098
日记 100
启蒙人生的小人书 102
偷偷喜欢女特务 105
卷刘海 107
染指甲 108
情到深处 110

113 逗比年年有
逗比是不可或缺的，他来源于甜苦半掺的日子，出现在忽喜忽悲的瞬间。

倒霉的流氓 114
打鸡血治百病 116
甩手疗法 118
看游街 120
能人李爱国 122
头如鸡，割复鸣 124
钓鱼 126
串联夫妻 128

131 —— **野蛮生长**

没有闯过祸，没有挨过揍，你怎么好意思说自己野蛮生长？

司令大军 132
防空洞探险记 134
拉练 136
铜象疑云 139
露天电影 140
偷骑自行车 142
为毛主席守灵 145
冤案 147
臭美妞 148
傻二红 150
白球鞋 153
抢军帽 155
绣儿姑 156
自杀的小林姑娘 158
糊火柴盒 160
攒糖纸 162
图书管理员 164
雷锋叔叔到我家 166

呆萌天使欢乐多

每次脸先着地的跌倒，都能咧开被磕疼的嘴，
惊喜地嗅着小草的清香，
这种呆萌不单是勇敢，更是智慧。

我的全家福

我出生在一九六八年。那时候，红色的中国一片沸腾。我就在这样的背景下，开始了我的童年生涯。

我们家是五口之家，我们姐弟三人。本来，父母生完姐姐后，是不打算要我和弟弟的，双双医科大学毕业的他们，只想要一个孩子。但是，生下姐姐不久，我的父母除了频繁地进出“五七干校”、参加政治学习之外，没太多工作要做。这时候，奶奶就要求妈妈再生一个男孩，于是妈妈接连生了我和弟弟。看到弟弟出生，奶奶一颗心才放到肚子里。

我父亲是开封人，妈妈是北京人。我和姐姐从小在开封长大，而弟弟七岁以前被寄养在北京的姥姥家。上小学之前，我和姐姐跟父母都住在奶奶家，和我们同住的还有堂弟和未婚的小叔、小姑。奶奶家当时住在一个大四合院的厢房里，三间厢房住着我们一家八口，我们是典型的大家庭。

七十年代末，爸爸单位给他分了房子，就在他单位的家属区。前院是办公区，后院是家属区，爸爸上班就在前院。分了房子后，我们接回了北京的弟弟，一家五口才团聚。

第一排左起第一人是弟弟，两岁。第二人是堂弟，两岁。第三人是我，四岁。

第二排左起第一人是妈妈，医生。第二人是奶奶，家庭妇女。第三人是爸爸，医生。

最后一排左起第一人是姐姐，十岁。第二人是小叔叔，知青。第三人是小姑姑，知青

我一生下来就是小眼睛、单眼皮，而且有点肉眼泡

呆萌的单眼皮女生

我一生下来就是小眼睛、单眼皮，而且有点肉眼泡。我的姐姐和弟弟全部都是大眼睛双眼皮，容貌俊朗。所以作为女孩子，我的容貌使妈妈替我备感压力。

妈妈当年的压力不是没有根据。在审美多元化的今天，“单眼皮”女生也是可以独领风骚的，但在四十年前，全民的审美导向是浓眉大眼，英姿飒爽。《红灯记》里面的李铁梅、《杜鹃山》里面的柯湘、《白毛女》里面的喜儿等等，都是双眼皮大眼睛，不管是怒目而视还是眼风一扫，都能表现出一种咄咄逼人的气势。似我等这样的小眼睛肉眼泡，尤其是一笑，两眼眯成一条细缝，这叫小眯缝眼，在电影里就是见风使舵、意志薄弱者的脸谱，完全不符合正面形象的审美。

好在我天生很白，且脸大多肉，生下来体重八斤，之后也一直保持胖头大脸的模样，落了个“喜兴”的定义，倒也颇得长辈们的欢心。后来的事实证明，我的喜兴真不是盖的，自不懂事起，我就经常语出惊人、脑洞大开；待人接物更是风格跳脱、不按常理出牌，经常把家里人雷得外焦里嫩、捧腹不已。所以，我这个单眼皮女生很轻易地在众多堂兄妹、表兄妹里脱颖而出，赢得了长辈们的另眼相看。

早请示

□

□

我出生在“早请示、晚汇报”的年代。那时候工厂小到班组、机关小到科室，都组成“早请示、晚汇报”的小组。在居委会的督促下，奶奶家院子里的老人和孩子也组成了一个小组，每天进行“早请示、晚汇报”。

每天早晨，上班、上学的人都走后，院子里的老人和孩子就陆续从各家出来，在院子东墙下集中站好。东墙上有一个水泥砌的画框，画框里是油漆画成的毛主席像，主席像的下方，是一行加粗的宋体字，写着：全世界无产者团结起来！整个画面看上去铿锵有力。那时候，这种铿锵有力的宣传画非常普遍，每条大街的十字路口、每条小胡同的交会处以及各家院子的宽敞处，都有用油漆和颜料画的宣传画。别看材料简陋，主席像都画得很传神。

院子里的老人和孩子都出来以后，集体面对东墙站好，这时候，由院子里出身最好、表现最积极的人，朗读一至两段毛主席语录。我们院子由李老太朗读。李老太不识字，所以就由她直接背诵一两段毛主席语录，大家按照事先训练好的动作，手举语录本，齐声高呼：“向最最敬爱的伟大领袖毛主席和最最敬爱的林副统帅请示工作！”高呼完毕后，全体人员手举毛主席语录，再次齐声高呼：“敬祝最最敬爱的伟大领袖毛主席，万寿无疆！祝林副统帅，身体健康！”整个仪式就算结束。

我九个月大时，还不会说话，只能偶尔从嘴里蹦出单音节。那时候我每天被奶奶抱着参加“早请示、晚汇报”，脑袋里早已储存了相关记忆。终于有一天，当大家说：“敬祝最最敬爱的伟大领袖毛主席，万寿无疆！”话音未落，我突然也晃着手里的语录本，流利地重复说：“万寿无疆，万寿无疆！”

奶奶听了惊喜异常，不会说话的我竟然在这么重要的时刻一下说出这么多话，这让她深感自豪和荣耀。当晚，小叔叔在奶奶授意下给远在干校的父亲写信，郑重地告诉他：你闺女会说话了！但是，这之后很长时间，我也只能重复这四个字，别的话依然不会说。

我九个月大时，还不会说话，只能偶尔从嘴里蹦出单音节。那时候我每天被奶奶抱着参加“早请示、晚汇报”

第一首诗

□

□

我小时候，每家都有三五个孩子，物资匮乏加上孩子众多，那时候的孩子能得到的物质和精神关爱非常少。我们姐弟三个从小到大几乎没被父母带着出去玩过，哪怕是去胡同口买块糖，也没有过。

父亲有一辆永久牌二八加重自行车，这是我家最贵重的财产，也是父亲最心爱的物件。每个星期天，父亲都要把车里外擦一遍，各种关节处上油保养。再把车前柱上的钢质商标擦得锃亮，然后用一块手绢包上、系好。有一个礼拜天，他擦好车，看看车边眼巴巴的我，突然兴致大发，把我的小车座拿来安放在前梁上，一把将我抱上小座，说要带我去兜风。

在姐姐和堂弟羡慕嫉妒恨的目光里，我坐在高高的车座上，昂然而去。

那是一个春暖花开、风和日丽的上午，爸爸骑车带我来到龙庭湖边。那时候环湖没有柏油路，都是草地和砖砌的羊肠小道，父亲饶有兴致地沿着羊肠小道骑着，边蹬车边教我认湖边的景物。远远地，湖边草丛里几只大白鹅，正专心致志地低头捉虫吃，橘红的冠子一点一点地掩映在绿草中。我们的车子穿过它们身边，把它们惊动，它们扑扇着翅膀，摇摇摆摆地跳到湖中，一边洗澡一边嘎嘎大叫。

我目不转睛地盯着大白鹅，似乎若有所思，突然脱口而出："鹅，鹅，鹅，你，吃，虫。"

正奋力蹬着车的爸爸吓了一跳，仔细琢磨我刚才说的六个字，不由得喜上眉梢。爸爸飞快地骑车赶回家，一进家门就大声宣布："这孩子会作诗了！"

妈妈立刻迎上来，问："作的什么诗？"

爸爸掩饰不住满脸的自豪，说："鹅，鹅，鹅，你吃虫。"

那年我两岁。

那是一个春暖花开、风和日丽的上午，爸爸骑车带我来到龙庭湖边

鲁莽的妈妈回头一看，我早已经脱离了“组织”，不在后座了

车祸

我两岁的时候，妈妈怀弟弟已经七八个月，挺着大肚子，在“五七干校”劳动。

干校劳动期间是不许回家的，但妈妈经常在星期天早晨偷偷溜回家，把我接到干校玩一会，到下午再骑车把我送回家。

干校在市郊，距离我家骑车二十分钟。

那天，妈妈骑车送我从干校回家，顺便带了自己在干校种的两个大西瓜。又是西瓜又是肚子里的弟弟，所以我就被放在车后座。拐弯的时候，妈妈为了躲避迎面来的自行车，把车猛地一拐，坐在后座的我一个没防备，被从车座上甩了下来，顺势一个屁股墩，“咚”的一声坐到了地下！

被甩到地下的我既没哭也没叫，所以妈妈也没发现我被甩下来，还在一个劲地往前猛骑。

这时候，路边一个老太太发现了我，她大声叫住了几米开外的妈妈，指着我说：“这是你的孩子吗？”

鲁莽的妈妈回头一看，我早已经脱离了“组织”，不在后座了。她一边不好意思地跟老太太道谢，一边走过来，把坐在地上的我“认领”了回去。

玩具

□

□

姐姐出生在一九六二年，又是家中头一个孩子，所以她拥有属于自己的玩具。而我出生在一九六八年，那时候，狂热的中国已经顾不上生产玩具这种“没用”的东西了。所以我从小就没有一件属于自己的玩具。

姐姐的玩具里，有一套北京姑姑送的医用仿真玩具，包括手术刀、腰果盘、听诊器和注射器，都是仿照实物等比例缩小的，非常逼真和精致。这套带有启智意义的玩具，本身就比布娃娃橡皮鸭子引人注目，更何况对于父母都是医生的姐姐来说，它还提供了模仿父母工作的游戏可能性，模仿父母工作是所有孩子都喜欢玩的游戏。所以，姐姐把这套玩具看得很重，平时都藏在我找不到的地方，像防贼一样防着两岁的我，生怕我偷出来给玩坏了。

有一天下大雨，不能出去玩，于是姐姐领着我在堂屋地上玩“过家家”。

姐姐想玩医生和病人的游戏，于是她拿出了那套珍贵的医用品玩具，非常难得地恩赐我跟她一起玩。谁知道，我刚一上手，就把那漂亮的塑料手术刀掰成了两半！

姐姐心都碎了，委屈和伤心一起袭来，她号啕大哭。奶奶闻讯过来，觉得没啥大事，啥也没说就走了。姐姐哭了一会，看着呆头呆脑的我，悲愤无法发泄，不知道该如何惩罚我才能缓解她的心疼，于是她选择了大人经常惩罚她的办法——罚跪。

等到妈妈下班回到家，一进门，就看到了一场小型“批斗会”：两岁的我蜷着胖乎乎的身体，跪在屋子中央，手里还毫无羞耻地玩着手绢。八岁的姐姐站在我身边，哭得上气不接下气，一边哭泣，一边勒令我“反思”自己的“罪行”。

两岁的我蜷着胖乎乎的身体，跪在屋子中央，手里还毫无羞耻地玩着手绢

吃打虫药

□

□

小时候和预防医学的亲密接触，印象最深的就是种牛痘和吃打虫药。我对种牛痘的详细过程已经记不清了，只有一个片段记忆鲜明：医生用带着碘酒味道的拇指按了按我的胳膊，轻声细语地跟我说着话，突然用一个极薄的刀片，以迅雷不及掩耳之势，在我胳膊上划了一个“井”字，皮肤随之裂开，鲜血泉涌而出。我丢掉了强装的自尊，“哇”地放声大哭起来，心里充满了对鲜血的恐惧和对医生的痛恨。

关于打虫药的记忆没有这么血腥，甚至带了点喜剧色彩。那时候的打虫药做成小尖塔的样子，是可爱的浅粉色，俗称宝塔糖。我和所有的孩子一样，爱吃宝塔糖。但是我吃了很多宝塔糖，却没有像别的孩子一样拉出虫子，妈妈发愁地说，我肚子里的虫子太“结实”，不好打。我听了也很发愁：如果虫子把我的肠子咬一个大洞，怎么办？

终于有一天，喜从天降——我大便的时候拉出了一条长长的、蠕动着的大虫子！我蹲在茅厕里，看着茅坑里蠕动着的虫子，兴奋极了，顾不上擦屁股和提裤子，从茅厕的墙根找到一把小铲子，我用铲子小心地把那条虫子从茅坑里铲出来，一手抓着裤腰（裤子在膝盖处没有提上去），一手举着铲子，双腿倒腾着小碎步，一溜烟地跑到我家厨房门口。

那时候都是公用旱厕，茅厕就在院子的角落里，我没几步就倒腾到了我家。奶奶正在厨房做饭，我走过去，献宝似的把小铲子向奶奶一举，大叫：“我拉的虫子！”

奶奶毫无防备，差点被那味道给熏晕过去！待看清是什么东西时，她勃然大怒，想抬手打我，又怕把虫子打到地上，她只得捂住鼻子，命令我马上把铲子和虫子放回茅厕，然后去洗手。妈妈晚上回家，奶奶诉说了我的“壮举”，我本以为她会表扬我，谁知她一言不发，恶狠狠地扯过我的手，用肥皂使劲搓洗了一遍，搓得我两手又红又疼。我委屈地想：明明你们盼着我拉虫子，等我拉出来虫子了，你们不表扬我，反而嫌恶我，大人们真是不可理解！

奶奶正在厨房做饭，我走过去，献宝似的把小铲子向奶奶一举，大叫："我拉的虫子！"

当时已经被收音机和小广播潜移默化的我，有一天看着墙角的葱，突然醍醐灌顶！

泥里面有棵葱

在我童年的很长一段时间内，中国老百姓对美国都是完全陌生的。

在我三岁那年，中美结束了冷战，美国总统尼克松访华了。

七十年代的尼克松访华，在新中国外交史上是件惊天动地的大事，小广播和收音机里天天都在说这件事。虽然是国家大事，但是对于当时的普通老百姓来说，除了从有线小广播和收音机里频繁地听到“尼克松”这个抽象而陌生的名字外，平静而闭塞的生活没有被搅起任何波澜。而这件事对于我来说，更是一头雾水，因为我有限的记忆库里根本没有任何关于美国的存储，我甚至弄不清楚“尼克松”是个人还是个东西。

尼克松访华时正是冬天，那时候，每到冬天我家都会储存大白菜和大葱。我家堂屋的墙角里，用砖砌了个小池子，里面装着一池子泥土，泥土里埋着一簇簇过冬用的大葱。当时已经被收音机和小广播潜移默化的我，有一天看着墙角的葱，突然醍醐灌顶！

我手指大葱，严肃地告诉奶奶：“尼克松就是泥里面有棵葱！”我的话一出口，立刻引起全家爆笑。我丰富的、无厘头的联想，使“尼克松”这个遥远而陌生的名字，以一种亲切的形态走进了我们的生活。

白万一回头，三角眼露出一抹凶光，狞笑着说：“就快到了。”

卖花姑娘

朝鲜电影《卖花姑娘》在中国放映时，神州大地哭声一片。

七十年代的中国电影非常单调，影院里常年放映的只有几部样板戏改编的电影，大家倒背如流，早已看腻。所以，朝鲜电影《卖花姑娘》很轻易就赢得了票房奇迹。各大影院全天放映，无限循环，各机关单位都包场给职工看。

无论谁进电影院，都有一个必备道具：手绢。

《卖花姑娘》非常催泪，看了是一定要哭的，而且，谁要是看《卖花姑娘》不哭，说轻了是落伍的、跟不上时代的，说重了是思想有问题、觉悟太低。奶奶家胡同里有个妇女看了九遍，次次哭得像泪人。

我看《卖花姑娘》没哭，因为我完全被吓坏了，根本忘了哭。这部片子全片都贯穿着阴森的复仇和诡异的迫害，对于年幼的我来说，它无疑是一部恐怖片。比如，顺姬的眼睛被滚烫的汤药烫瞎，那凄厉的哭喊，老地主婆在幻觉中看到来复仇的人，那凄厉的尖叫和惊恐的眼神，都令我毛骨悚然。

有一场戏，狗腿子白万奉命将小瞎子顺姬背到山里冻死。白雪皑皑的深山老林，沉郁、死寂。白万背着顺姬往大山深处走，不明真相的顺姬信任地问白万："叔叔，还有多远啊？"白万一回头，三角眼露出一抹凶光，狞笑着说："就快到了。"

我的心当时就揪紧了！在黑暗的电影院里，我感到彻骨的恐惧和极度的绝望。我第一次感觉到：被信任的人出卖，下场将是万劫不复，因为无法提防。

破坏大字报事件

□

□

在我开始接受启蒙教育的时候，孔圣人就扮演着一个不光彩的角色，这个死了两千多年的人，总是跟刘少奇或者林彪一起，被说成叛徒或阴谋家。那时候没人叫他孔圣人或者孔子，大家都不屑地叫他孔老二。

大概在我四五岁的时候，全国掀起了如火如荼的“批林批孔”运动，各条战线都在深揭狠批孔老二。我在家行二，家里人和院子里的人有时候就叫我“荆老二”。“批林批孔”开始以后，大家经常逗我：“孔老二是老二，荆老二也是老二。看看，老二都不是好人！”

我听了郁闷得要死，心里恨死了这个孔老二。但是孔老二是何许人，我却一头雾水。以我当时的智商，就算想破脑袋也不可能明白：一个死了两千多年的古人为什么要跑到我们这里来搞复辟？所以我断定，这个孔老二就是专门跟我过不去的。

有一天，妈妈带着我去医院值夜班，放我在候诊区的走廊里玩耍。走廊里贴满了大字报和漫画，我虽然不认识字，但是一眼就认出了漫画里的孔老二。我怒从心头起，恶向胆边生，爬上候诊区的椅子，抓住大字报就往下扯。正扯得来劲，妈妈从诊室出来，一看我扯大字报，她脸色大变，几步蹿到我面前，一个耳光打得我俩眼直冒金星儿！

还没等我醒过闷儿来，她用胳膊夹起我就往外走，一气儿走到大门口的存车棚，把我放到车后座上，骑上就往家跑。

后来我才知道，这是典型的畏罪潜逃。

事实证明，我们娘俩的潜逃很成功，后来医院追查破坏大字报的人，我的罪行没有被发现，甚至没有人知道那天晚上我去过医院。

这件事情以后，孔老二是谁，他为什么要复辟，我还是没弄明白，但是大字报是绝对不敢再撕了。

这件事情以后，孔老二是谁，他为什么要复辟，我还是没弄明白，但是大字报是绝对不敢再撕了

黄昏

□

□

因为没有房子，父母结婚后一直跟奶奶一家住在一起。当时奶奶家还有未结婚的小叔叔和小姑姑一起住着，妈妈后来又生了我们姐弟三人，我们这个三代同堂的八口之家，就住在一个四合院的三间厢房里，显得十分拥挤。

有一次，父母为房子的事情大吵一架，母亲离家出走，负气住在单位宿舍没有回来。这是我记忆中父母第一次吵架，也是第一个母亲离我而去的夜晚。

黄昏来临，我照例站在胡同口迎接妈妈下班回家。暮色中，同院的叔叔阿姨都陆续回来了，但是我始终没有看到妈妈的身影。渐渐地，胡同里没有人了，奶奶来叫我吃饭，我不应声，奶奶见我不回去，索性也不理我了。

我倔强地站在空寂的胡同里，小小的心里已感觉到妈妈今天不会出现了。但我不愿回家，与其说我在等待妈妈，不如说我不愿意面对回到家里却没有妈妈的孤独。路灯亮起来，将我的影子拉得忽长忽短，天空偶尔飞过一只蝙蝠，也急急忙忙不愿停留。

后来我上小学时，父亲单位落实知识分子政策，分给了他两间平房，我们全家第一次住上了自己的房子。但那个等待母亲归来的黄昏，给我心里留下了一道永久的烙痕，直到现在，每到黄昏来临，我的情绪总会莫名地低落，孤独和伤感会把心攥得紧紧的，让我透不过气来。

我倔强地站在空寂的胡同里，小小的心里已感觉到妈妈今天不会出现了

我哭得惊天动地，跑到垃圾箱里把粉琴拽出来，搂在怀里

粉琴

□

□

女孩子都喜欢布娃娃，但是我到六岁时，才得到人生唯一的一个布娃娃，还是北京表姐淘汰的一个旧娃娃。

娃娃虽然是旧的，但在同龄孩子中也是非常珍贵的。当时，我们城市的百货大楼里已经很多年没有卖过布娃娃了。况且，这个来自北京的娃娃，还带着大城市才有的高级和时尚：它的脸蛋是橡胶立体的，眼睛不是画上去的，是真正能开合、有眼皮的。虽然开合有点失灵，大部分时间眼睛都是半睁半闭的状态，但这并不妨碍我对它爱如珍宝。

我给布娃娃起了个名字——粉琴，因为奶奶家胡同里有个非常漂亮的阿姨叫粉琴。

我用碎布给粉琴做成新衣服穿；用毛线头围在它脖子上当围巾；我还经常抱着粉琴到处串门；睡觉的时候，我学着大人的样子轻拍着它入睡；生气的时候，它还要挨我的老拳。

我和粉琴的“死别”，是在我上小学二年级的时候。

那时候粉琴已经很旧、很破了，身上布满了污渍，橡胶做的脸蛋脏得快看不出肉色了，眉毛也秃了，一只眼睛永远睁着，另一只眼睛永远闭着。在妈妈眼里，粉琴就是一个垃圾，妈妈决定扔掉它。

我发现妈妈的“阴谋”时，粉琴已经躺在胡同口的垃圾箱里了。我哭得惊天动地，跑到垃圾箱里把粉琴拽出来，搂在怀里。奶奶看不下去了，让我把粉琴抱回家。

在一个月黑风高的晚上，粉琴还是被妈妈扔掉了。

我找了很长时间，知道永远失去了粉琴，那段时间我失魂落魄，总是感觉家里的各个角落都有粉琴的“音容笑貌”。

自从我上了小学，“自由散漫”这四个字，总是如期出现在我期末成绩单的评语栏里

红小兵

自从我上了小学，“自由散漫”这四个字，总是如期出现在我期末成绩单的评语栏里。不管我转学还是升学，这四个字如影随形，和我保持着惊人的亲密。

我的人生从刚开始就被这四个字定了调子：落后生。

我上小学的时候是一九七四年。那时候，当一个红小兵是全班孩子的人生理想，是一个孩子最大的骄傲。想当红小兵很难，首先，其过程就很繁琐。刚上学，就要处心积虑地写入队申请，并且，还要给自己找一个已经是红小兵的入队介绍人。如果是班里第一批红小兵，介绍人必须找班主任。这一套仪式，对于一个鼻涕还没擦干的孩子来说，简直是登月技术的难度等级。更何况，除了这些还有最后一项：考验。考验分几项，功课好、表现好、能得到老师的欢心和信任，都是考验的内容。这几种考验都通过了，才能当上红小兵，戴上那红艳艳的红领巾。

如果说写申请等过程像登月技术那么难掌握，那么考验对于我就更像是让一个猫去跟老鼠握手言欢——基本是违背天性的。所以直到三年级上半年，我都和红小兵没有任何缘分。

三年级下半学期，伴随着粉碎“四人帮”的喜讯，我们班红小兵的门槛突然大幅度降低。当时一年级当上红小兵的，不但是学习的尖子，还是老师的“红人儿”；二年级当上的，至少是表现好的；三年级当上的，基本属于“撮堆儿”的；到了四年级，祖国山河一片红：我们全班都是“红小兵”了。

我在三年级下半学期“光荣”地当上红小兵，戴上了艳羡已久的红领巾。入队宣誓时，我看到班里一年级入队的那些同学，眼里明显流露出受愚弄的委屈和怨怼。

跳皮筋时，皮筋放在腰部这个高度，我就很吃力了，拼老命才能将皮筋踩在脚下，而我们班跳得最好的，可以跳到“大举”

骚乎

□

□

在我的学生时代，女孩子十分流行跳皮筋、踢毽子等游戏。这些游戏是一个女孩子在同伴中表现能力、树立威信的重要手段。那时候有两套标准衡量孩子成功与否，第一套是官方的：学习好、表现好、老师喜欢，第二套是民间的：毽子踢得漂亮、皮筋跳得好、精通各种游戏。即便你学习成绩平平，老师也不太待见你，只要你能达到第二套标准，那你就是女孩子们追捧、巴结的对象，就能成为女孩子们的“大姐大”。

我从小就是一个很笨的孩子，肢体极其不协调，跳皮筋、踢毽子都不行。我踢毽子最多踢五个，我们班的最高纪录是一气儿踢四十个；跳皮筋时，皮筋放在腰部这个高度，我就很吃力了，拼老命才能将皮筋踩在脚下，而我们班跳得最好的，可以跳到“大举”（就是把皮筋举过头顶的高度）。

每到课间，大家在操场上自由结帮，女孩子们都围着“大姐大”转，听凭她的调度安排，组成小组进行对抗赛。这时候，技术不好的我只有干看着，因为我和谁一伙就会拖累谁。后来，不知谁发明了一个角色，叫“骚乎”，意思就是骚来骚去，不管哪组玩，她都能跟着玩，但她的成绩不记入各组总分。

发明“骚乎”的人肯定是和事佬，这个角色带有明显的抹稀泥特征，违背了“更快、更高、更强”的体育精神，因此大家对待这类角色都带有明确的不屑和鄙视。但这个略带歧视的角色却让我很有归属感，从那以后，五年小学生涯，我一直称职地扮演着“骚乎”的角色，并心怀感激。

直到现在，我都对那些能轻松将腿举过头顶，把“大举”的皮筋钩下来踩在脚下的女同学心存敬意。

学校门口的小卖部

□

□

上小学的时候，我没什么人缘，学习不好，皮筋也跳不好，老师和同学都不待见我。那时候，学校对于我来说没有任何吸引力，唯一吸引我的地方，就是校园门口的小卖部。说是小卖部，其实全部家当就是一个一米见方、带盖子的木头托盘，托盘就摆在一户临街房的门口，那间临街房里就住着小卖部的主人。小卖部的商品是这样安排的：所有吃的东西摆放在木头托盘上；玩的东西呢，就挂在托盘的盖子上。盖子一打开，吃的、玩的都有了，小卖部就开张了。

小卖部里有用白薯泥做的山楂糕，还能吃出一股馊白薯味儿；糖稀做的小糖豆，吃完后牙齿里会留下些许沙子；还有做成小鸡、小狗形状的小泥哨，上面涂着花花绿绿的颜色，用嘴一吹，嘴唇上就会沾上各色颜料。尽管这样，这个小卖部还是让我心驰神往，我喜欢它五光十色的色彩和除了“吃”就是“玩”的主题。我并没有钱经常去买东西，我常常站在小卖部门口，痴痴地看着那一托盘零食和琳琅满目的小玩意，发一会呆，然后依依不舍地离去。

有一天，飘着蒙蒙小雨，我又跑去学校门口看小卖部，发现木头托盘不在门口，那临街房的小木门虚掩着。我走到临街房门口，推开门进去，发现这是一间堂屋，屋不大，但是收拾得很干净。青砖地扫得一尘不染，靠墙放了两张泛着暗红色光泽的太师椅，太师椅中间放着一个古色古香的条案，条案上没有摆毛主席像和暖水瓶，却放了一个青花大瓷瓶，瓷瓶里插了一只鸡毛掸子。瓷瓶旁边摆放着一排刚做好的、上了一半颜色的小泥哨。泥哨旁边，有一个小香炉，里面袅袅燃着一根檀香，空气里弥漫着若有若无的香味。条案后面的墙壁上，有一扇半开的窗户，透过窗户，看得见后院里在细雨中摇曳的大丽花和石榴树。

这个檀香氤氲的屋子，与其说让我沉醉，不如说让我醒悟，它使我忘了老师和同学，也忘了十以外的加减法（十以内的用手指头可以算过来，十以外的对我就是噩梦）。在这个迷离的瞬间，我突然明白自己想要的人生，就是这种安逸而充满温情和享受的生活。

在这个迷离的瞬间，我突然明白自己想要的人生，就是这种安逸而充满温情和享受的生活

课外活动

七十年代，中小学的课外活动非常多：麦收时拣麦穗，每周末到工厂砸钉子、到糖果厂包糖果等等。而我参加的课外活动里，最另类的，大概要算积肥和灭蝇了。

先说积肥。学校号召以实际行动支援农业学大寨，要求学生把肥料带到学校，再由学校统一把肥料送到城郊的生产队，算是学校对农业学大寨的贡献。至于肥料的来源，一般来说就是粪便，人粪不算，鸡粪、马粪、驴粪都行，当然，有条件的同学带草木灰也可。

姐姐刚上学的时候，积肥运动如火如荼，他们每个星期天都去大街上搜集马粪。那时候马车和驴车可以自由出入城市街道，如果运气好，还能看见老黄牛拉着的车子。所以大街上经常会遗留一些动物粪便。孩子们一到星期天就背上筐子到大街上去拣马粪蛋、驴粪蛋，还经常为一摊粪便发生争抢、打架的事件。

我上小学的时候，学校不那么提倡积肥活动了，对肥料的要求量也不大了，我就用自己家的鸡粪上交。但是姐姐也要上交肥料，有一阵子，我和姐姐都抢着清扫鸡窝。那段时间我家的鸡窝几天就清扫一回，这项活动颇得家人的赞许。

最让我有成就感的课外活动，就是灭蝇。学校开展灭蝇运动的时候，我正担任生活委员。生活委员，是我学校生涯中当过的最大的“官”。

灭蝇运动要求每个学生每星期消灭一定数量的苍蝇，多了有奖，少了受罚。死苍蝇上交学校，由每个班的生活委员清点数量。每到星期一，同学们拿着装死苍蝇的火柴盒或玻璃瓶，聚集到我的课桌旁边，我把一张白纸铺在桌面上，同学们认真地把死苍蝇从火柴盒或玻璃瓶里拨弄到白纸上，让我点数。很多苍蝇因为用力过猛被打成了两半，从而引发数量上的争论，这时候只有我有裁决权，我说算几个就算几个。故此，清点苍蝇的工作让我初次尝到了权力带来的快乐。

可惜的是，这项工作因为太不卫生很快就被叫停。但是直到现在，我一看到被苍蝇拍击毙的苍蝇，还是会产生一阵莫名的兴奋，这大概和我那弥足珍贵的“当官”经历有关。

灭蝇运动要求每个学生每星期消灭一定数量的苍蝇，多了有奖，少了受罚。死苍蝇上交学校，由每个班的生活委员清点数量

洗澡

□

□

我儿时最痛恨的事情，就是洗澡。七十年代的北方城市没有私人浴室，每家每户洗澡都要去公共浴池。在公共浴池洗澡，就意味着几十个陌生人，光着屁股挤在一个闹烘烘、臊乎乎的空间里，被热蒸汽熏得头晕脑涨，还要为争抢淋浴喷头吵架。

当时，洗澡是每个家庭周末的重要活动。星期天一早起来，女人把家里能带的孩子都带上，男孩子七岁以前也归母亲带着洗。组织好人马，母亲用尼龙网兜提上脸盆、毛巾、肥皂和拖鞋，再拿一个提兜装好换洗衣服，一家子浩浩荡荡就向澡堂子进发。那时候，每个城市洗澡的地方除了为数不多的几个公共浴池，就是各国营大厂和大机关的内部澡堂，而公共浴池永远人满为患。当时开封市里最大的公共浴池是新华楼浴池。新华楼浴池是一个古朴、厚实的老建筑，幽静的门厅里铺着锃亮的大青石。穿过门厅进入女部，一股热浪迎面扑来，热浪里夹裹着孩子哭、大人叫和莫名的气味，穿衣服的和光屁股的跑来跑去。一看到这些我就神经紧张，还没洗已经累出一身汗。

妈妈每次洗澡，都会带上姐姐和我，有时候还有堂弟。妈妈洗澡时脾气格外暴躁。那时候的孩子洗澡，搓泥儿是标配，进澡堂不搓泥儿，等于暴殄澡票。妈妈每次都用尽全身力气把我“搓透”，“搓透”后的我，浑身发红，皮肤火辣辣生疼，热水打在身上就像受鞭刑。但妈妈不管，搓完就把我推搡到淋浴喷头下那一堆滑腻腻的裸体中间——人多喷头少，要等位置，一个冲完另一个才能冲。我站在喷头旁边等位置，妈妈和姐姐互相搓。等她们搓完了，我也等到了位置，我们娘仨就可以从容地一起冲洗。

穿衣服是最后一关。蒸汽弥漫的更衣室，充斥着母亲们的巴掌声和孩子们的号啕声。在这种嘈杂里，把秋衣秋裤、棉袄棉裤、毛衣和袜子，一件不错地穿戴整齐，简直像拼图游戏。

每次走出澡堂大门，呼吸到干爽、新鲜的空气时，我都有一种逃出生天的庆幸。

妈妈每次都用尽全身力气把我“搓透”，“搓透”后的我，浑身发红，皮肤火辣辣生疼，热水打在身上就像受鞭刑

毛主席逝世

□

□

一九七六年九月九日的中国，发生了一件举国震惊的大事：毛泽东逝世。

毛主席逝世那天，虽然是秋天，但天气阴沉、闷热。消息传来的时候，是下午四点左右。那时候信息流通非常缓慢，一般事件的发生都是在第二天甚至几天后才能报道。但这件事，小广播当天就播出了，所有人都猝不及防。

记得那天，我正在院子里玩耍，屋里的小广播突然传出了哀乐声。那宏大、悲怆的音乐带着不同凡响的压抑，即便幼小如我，也立刻停止了玩耍，呆呆地愣在原地，被一股莫名的惶恐所笼罩。

当时，黄昏渐近，各家都开始准备晚饭，哀乐响起的瞬间，所有人像被按了暂停键，呆在原地，愣愣地支起耳朵静听。中央人民广播电台的男播音员，用浑厚、低沉的声音念了非常长的一串头衔后，最后吐出了一个名字：毛泽东！

大家当时就傻了：毛主席？万岁的毛主席？他怎么会死?！他怎么能死?！

起初的那一刻，人们与其说悲痛，不如说震惊——被这个晴天霹雳打蒙了。

在播音员慢慢的叙述中，呆若木鸡的人们回到现实：毛主席，真的死了，永远、永远地，离开我们了！对于当时的大部分中国人来说，这都是灭顶之灾。哭声不知从哪里开始，慢慢在院子里形成“嗡嗡”的一片闷响，紧接着，哭声变成雷鸣般的轰响——整个胡同里的男女都加入了哭声里。

院子里的女人们，抱在一起哭，无论平时关系好坏，这时候都哭得像没娘的孩子一样凄惨。东屋的老皮媳妇往地上一坐，一拍大腿，哀号一声：“我的毛主席啊，你可疼死我了！啊——”还没喊完这一声，她双眼翻白，直挺挺地倒在地上。她平时吵架撒泼也是这样一躺，但这次却不是撒泼，是真的哭背过气去了！

最初的悲恸过后，接下来几天，大人们表现出反常的鬼祟。他们要么面色沉重、欲言又止；要么凑在一起，窃窃私语，遇到有陌生人来就迅速散开。我从大人们诡异的举止中，嗅到了一丝不祥的气息。我用自己有限的智商，费力地思考了几天，然后凑到正在写悼词的爸爸身边，说出了我的担心：“爸，帝国主义是不是要打进来了？”

我用自己有限的智商，费力地思考了几天，然后凑到正在写悼词的爸爸身边，说出了我的担心："爸，帝国主义是不是要打进来了？"

煤气中毒

□

□

开封属于黄河以南，按照国家政策规定，冬天是没有取暖煤供应的，房间里也不安装供暖设备。所以，冬天的大太阳天，屋里比外面还冷，反而需要敞开大门迎接阳光。妈妈是北京人，一直有屋里取暖的习惯，所以我们家一到冬天，除了厨房做饭的炉子，还会在起居室生一个取暖的大铁炉子，并有长长的白铁皮烟筒通到窗外，这沿袭的是北京平房里的取暖做法。而且，因为屋里生炉子，所以我家的密封也做得比较好，窗户缝、门缝都堵得特别严实，冬天我家屋里总是暖洋洋的。

在起居室生炉子是非常“奢侈”的习惯。首先，要千方百计托熟人买定额外的蜂窝煤，因为购煤本儿上的煤也就够做饭用，额外应付一冬天的取暖是绝对不够的；其次，在起居室烧蜂窝煤炉子可是个技术活，不光是封火、生火需要老到的经验，烟囱的位置、长度和走向都大有学问。妈妈只有北京人的习惯，可没有北京人驾驭炉子的技术，甚至我们举家上下，也没有一个人能得心应手地驾驭蜂窝煤炉子，就连厨房做饭用的蜂窝煤炉子，都经常死火儿。

技术不过硬不光造成频繁生炉子的麻烦，还延伸出了另一个可怕的结果：煤气中毒。有一年大年初一的晚上，全家守岁，很晚还没睡觉，都聚在父母房间吃瓜子、聊天，只有我，独自坐在起居室的炉子边，数着白天分到的压岁钱和糖果。过了一会，我站起来去拿茶缸，突然感觉眼前发黑，胸口发闷。我挣扎着朝桌子走了几步，顿时头晕目眩，身不由己地向前栽去！我倒下去的瞬间，看到一盆还没有来得及倒掉的洗脚水，横在我的脚边！我仅存的意识里闪过一个念头：完了！我的新衣裳！闪完这个念头，我就昏倒在地，被我撞翻的洗脚水，正如我担心的，一滴不剩都泼在了我崭新的条绒上衣和卡其布裤子上。

年初二，我不得不在床上度过，因为我的条绒罩衣和卡其布裤子全都洗了晒在外面，我的棉袄棉裤则架在炉子上烘烤着。后来才知道，我家的白铁皮烟筒出烟口的位置不妥，大年初一那天刮大风，将煤烟顺着烟筒倒灌进房间，而我在炉子旁待得太久，所以就受了害。

年初二，我不得不在床上度过，因为我的条绒罩衣和卡其布裤子全都洗了晒在外面，我的棉袄棉裤则架在炉子上烘烤着

抢购蜂窝煤

□

□

小时候，最累的家务活就是买煤。每次买煤，我们三姐弟要全体出动，不到筋疲力尽不能完成任务。只是累也就罢了，和劳累并存的是惊险的抢购环节。

蜂窝煤凭煤本定量供应，但煤炭紧张，每年总要有那么几个月，拿着煤本也买不到煤。我们家属院的旁边就是煤厂，按说买煤是得天独厚的，但是在没有煤的日子里，我们也一样"望厂兴叹"。有一年冬天，连续好几个星期没有听到煤厂机器的砸煤声，家家煤棚里的煤垛都矮下去一大截，快见底了。

这天，突然从煤厂方向传来"哐当——哐当"的砸煤声，我们全院居民像听到了冲锋号，迅速行动起来：套好板儿车、带上箩筐，形成了一支"抢煤小分队"，气势汹汹向煤厂扑去。

到了煤厂门口一看，煤厂大门紧闭，不营业。有人分析：煤厂肯定是砸完煤再开门营业，而到那时，势必人多煤少，很可能抢不到煤。不如先翻墙进去搬煤，等煤厂开门的时候，自己那份煤已经抢出来了，再拉车装煤、运煤回家。

我们家属院和煤厂仅一墙之隔，所以这个提议得到了大家的高度赞同。"抢煤小分队"迅速折返家属院，以家为单位，开始翻墙。

我们家三姐弟在听到砸煤声的第一时间，就被妈妈"武装"好了：每人一条围裙、一副套袖，外加一块运煤的小木板。当我们三姐弟连滚带爬地翻进煤厂围墙的时候，就看见出煤的传送带周围已经围满了闻讯赶来的各路英豪。传送带上的蜂窝煤湿漉漉、颤巍巍地从车间运送出来，刚进入视线，就被无数双手抢光了。我们姐弟三人费了九牛二虎之力，终于抢出了两个月的定额：六百块煤。

把这六百块煤全部安顿进我家的煤棚之后，我们三姐弟不约而同地大松了一口气：至少下个月不用买煤了。

可谁知，这批抢购的蜂窝煤质量奇差，特别不经烧，火还经常灭。半个月后的一个星期天，妈妈喜滋滋地向我们宣布：她通过熟人弄到了一些煤票，下午，我们可以再去煤厂买一车好煤！

我听了这话，顿觉眼前一黑。

我们家三姐弟在听到砸煤声的第一时间，就被妈妈“武装”好了：每人一条围裙、一副套袖，外加一块运煤的小木板

吃货是这样炼成的

当舌头刚被惊醒，当鼻子刚学会寻找，
那些被发现的美味，
是舌头和鼻子的初恋。

凉床是四腿着地压下来的，我在床下安然无恙，但是受了巨大的惊吓，号啕大哭。但光滑的煮鸡蛋被我牢牢拿在手里，纹丝没动！

三岁生日

我三岁生日那天，奶奶特意为我煮了一个鸡蛋。

奶奶家是一个大家庭，和我一同成长的不光有我的姐姐，还有住在一起的堂弟和表弟。在那个副食品凭票供应的年代，细粮都不能吃饱，能吃到单独为自己煮的鸡蛋，这不但是罕见的享受，更代表了一种格外的重视和宠爱。

鸡蛋煮好后，奶奶将它剥好壳递到我手里。我小心翼翼地举着光溜溜的去壳煮鸡蛋，慢慢踱到了院子里。我一边走一边东张西望，心里在考虑在哪里享用我珍贵的生日点心。我的目光扫过院子，看到了一架乘凉用的凉床。

那凉床是夏天乘凉睡的，床面是用橡皮条绷成的，夏天睡觉很透气、凉爽，也很轻便。此刻凉床靠墙竖立，四条腿朝外，在两条腿之间有一条横梁，那横梁的高度刚好是我一欠屁股就可以够着的。

我当下就决定，坐在这个横梁上享受我的煮鸡蛋。于是我走过去老练地一欠屁股，屁股刚压在横梁上，横梁受力失去平衡，凉床整个被我压下来，“咕噔”一声将我扣在床下。我被凉床来了个乌云盖顶，直接摔了个大马趴。

凉床是四腿着地压下来的，我在床下安然无恙，但是受了巨大的惊吓，号啕大哭。但光滑的煮鸡蛋被我牢牢拿在手里，纹丝没动！

在众人复杂的目光里，我干掉了半瓶啤酒

小酒鬼

有一年夏天，北京的舅舅出差，顺路来开封看望我们。爸爸带舅舅逛街景，顺便也带上了我。能被大人带出去逛街，我有点得意忘形。

就像很多古城一样，开封也有个鼓楼，而且鼓楼大街也是开封城里最繁华的一条街。父亲带着舅舅逛的就是最繁华的鼓楼大街。

在靠近鼓楼的位置，有一家老字号的饭馆，名叫万方春，在解放前那是开封最高档的饭馆。不过在我记事时候，它就只卖面条和包子了。但老字号毕竟是老字号，骨子里还是带着工农兵食堂所没有的讲究。比如，万方春除了卖面条和包子，还外卖散装啤酒和三色冰糕。

三色冰糕是万方春独创的，一块冰糕有三种颜色，并且有浓郁、香甜的奶味。跟五分钱一根的冰糕、三分钱一根的冰棍完全不同，它卖七分钱一根，全城独一份，是每个开封孩子心目中奢侈的美味。而冰镇啤酒则装在一个个刷干净的玻璃罐头瓶里，摆在窗台改成的柜台上，金黄的啤酒在罐头瓶上沁出冰凉的水珠，看着就很凉快。

我们走到万方春门口，爸爸请小舅舅喝啤酒，他为自己和小舅舅各买了一瓶啤酒，给我买了一根三色冰糕。在平时，三色冰糕是我梦寐以求的东西，但那天的我，一直在得意忘形中，我拒绝了冰糕，非要喝爸爸的啤酒。爸爸拗不过我，又不好当着亲戚的面把我怎么样，只好把自己喝了一半的啤酒递给我。我捧起啤酒"咕咚"就是一大口，啊！又苦又呛，噎得我眼泪差点没下来。但为了逞能，我硬着头皮"咕咚咕咚"喝了起来。

我"惊世骇俗"的举动不但吸引了其他顾客，连售货员都探出头来看我。

在众人复杂的目光里，我干掉了半瓶啤酒，然后挺着小肚子，若无其事地姗姗离开。

过了半天，我才小心地用牙压碎一瓣橘子，软软凉凉的汁液铺满我口腔的刹那，我知道了什么叫珍馐美味

橘子罐头

□

□

小时候的我体质很差，经常发烧。有一个周日，家里的人都出去了，我因为发烧留在家里，妈妈在家陪着我。到了下午，我午睡醒来，就见妈妈变戏法似的拿出了一瓶橘子罐头！

在那个年代，水果在北方内陆小城是奢侈品，普通人家一年也难得吃几回水果，夏天的西瓜除外。水果罐头更是只在去医院看望病人、逢年过节走亲戚的时候才会出现。

当妈妈用螺丝刀很费劲、很小心地把玻璃瓶上面的铁盖打开时，那满满一瓶黄澄澄的橘子瓣跃然眼前！第一口橘子进入口腔，味蕾被震惊了。过了半天，我才小心地用牙压碎一瓣橘子，软软凉凉的汁液铺满我口腔的刹那，我知道了什么叫珍馐美味。

在那个白糖要凭票供应的年代，这用糖水浸泡的橘子瓣，带着“此曲只应天上有”的梦幻和奢侈。

当时是夏天，房间里阴凉而安静，我们母女席地而坐，妈妈喂我一勺一勺吃着。偶尔低声问一句：甜吗？我嘴里满含着橘子瓣，用“当然了！还用说吗”的表情用力点头。在那个夏天的周日下午，我独享着温存的母爱和美味的橘子罐头，这精神和物质的双重满足，让这个浸泡在橘子罐头里的温情下午，像一枚珍珠，牢牢嵌进我的记忆之海。

爆米花

□

□

在我小时候，没有零食的概念，偶尔能吃到的冰棍、五香花生、水果糖等，都不能算零食，只能算意外收获，打牙祭。因为这些食物并不是随时能买到的，也不是定时定点供给的，它们要么是特殊日子的“特殊供应”，比如春节、六一儿童节等，要么是父母一时兴起给的格外赏赐，都是可遇而不可求的。

真正名正言顺、定期供应、称得上是零食的，只有爆米花了。那时候每个有孩子的家庭，无论生活多拮据，都会定期崩上一斤爆米花，放在防潮的饼干桶里，让孩子慢慢吃，而大人是不吃的，这是孩子的专享零食。崩一斤爆米花，加工费才一毛钱，算上糖精才一毛五分钱，家家都出得起。套用那句广告词：“小时候，一听到黑芝麻糊的叫卖声，我就再也坐不住了。”小时候，一听到爆米花机“嘭——嘭”的爆炸声，我就再也坐不住了。每次跑出去看时，崩爆米花的队伍总是已经排了很多人。

每次崩爆米花，都会对感官形成一系列的刺激：排队的时候看到别人先崩出来的米花，那份眼巴巴的煎熬；自家的米在锅里慢慢转动的时候，那份焦急的期待；最后，小贩准备爆破的时候，那份亢奋和紧张。看到摇着手柄的小贩速度慢下来，用嘴往布袋子方向一努，我就立刻冲过去，手忙脚乱地把爆破用的长布袋子理顺、弄平，再把袋子尾端扎紧，防止爆破的气浪将米花冲出袋子外。家里有兄弟的，男孩子还会亲自踩在袋子尾端，以示勇敢。最后，在我们强烈的心跳声中，小贩将装满熟热玉米或大米的铁罐子插进布袋口，沉着、果断地抬脚一踩——“嘭！”一锅米花出来了！

崩爆米花的时候，有农村亲戚的家庭，优势就显现出来了：他们总是能拿出玉米、高粱米、黄豆等花样较多的原料，而我家只能拿出大米。大米虽然是细粮，但在爆米花的品种里口感最平淡。玉米、高粱米各有浓郁的香味，崩黄豆不加糖精加点盐，酥脆的黄豆可以媲美五香花生米。我家没有农村亲戚，所以我经常偷偷拿我家的大米花和别人家的黄豆做交换。黄豆吃多了放屁格外响，一听到我放屁，妈妈就知道我吃别人家黄豆吃多了，就骂我“没出息”。

在我们强烈的心跳声中，小贩将装满熟热玉米或大米的铁罐子插进布袋口，沉着、果断地抬脚一踩——“嘭！”一锅米花出来了！

美味的荤油渣

□

□

荤油，猪油是也。为了避免直接叫猪油的不雅，我们叫它荤油，或者大油。

那时候，每人每月只有几两油，家家凭票供应的菜油都不够吃，所以每年春节将至，大家都会把平时省下的肉票想方设法买成猪板油，将白白肥肥的猪板油切成小丁，放在炒锅里熬炼成雪白的荤油和金黄的油渣。

炼出来的荤油基本用来炒菜、炸丸子，除此之外还有一个非常诱人的用处，就是直接抹在烤得焦黄的馒头片上，夹着豆酱吃。这种吃法不常有，因为每次吃这个的时候，孩子们都暴露出惊人的饭量，很费荤油。

油渣的用处则每家不同。奶奶院里一家邻居，每年都会把炸出来的一盆油渣，用塑料袋装上寄给农村的亲戚。这油渣可以剁碎了做成馅，掺上粉条、豆皮包成包子，也可以掺上白菜、豆腐熬一锅大炖菜。总之，对于少见荤腥的人来说，猪油渣是一道实惠的大菜。

而我们家炼猪油的日子，就是个小小的节日。炼油时，奶奶安详地坐在灶台前，用长筷子缓缓翻动着锅里的猪油丁，我和堂弟逡巡在灶台旁。奶奶一声“好了！”爸爸应声而出，将刚出锅的油渣端出来，放在小饭桌上，待稍凉，细细地撒上盐和花椒面。这时候我和堂弟欢呼一声一齐扑上。

油渣金黄酥脆，淡淡的花椒面和盐味恰到好处，解腻而且香口。我们用手捏着吃，你一颗我一颗，一会儿工夫一碗油渣就见底了。

油渣金黄酥脆，淡淡的花椒面和盐味恰到好处，解腻而且香口。我们用手捏着吃，你一颗我一颗，一会儿工夫一碗油渣就见底了

晒豆豉儿

我小的时候，开封家家腌豆豉儿。豆豉儿的学名是西瓜酱，但是真正的开封人从不叫它的学名，都叫它豆豉儿。

开封是西瓜之乡，那时候家家都能买得起的水果就是西瓜。我记忆里，西瓜最便宜时卖到两分钱一斤。用西瓜腌制的豆豉儿，成了那个时代家家必备的副食。谁家的新媳妇不会腌豆豉儿，那她立刻就要向资深的老奶奶请教。能不能腌一盆香喷喷的豆豉儿，是考验新媳妇会不会过日子的标准之一。

腌一大盆豆豉儿，甚至半年都不用买菜。每次吃的时候，挖一勺出来，放上葱、姜、蒜和干辣椒，用油一炒，开封人不叫炒，叫炸。炸的意思是油多主料少，炸豆豉儿这种叫法，更能让人联想到豆豉儿油汪汪的诱人模样。炸好的豆豉，全家人用它夹馒头吃、拌面条吃，都能吃得津津有味。

豆豉儿的做法，是把煮熟的黄豆拌上干面粉，捂到长“毛”，然后将西瓜瓤连肉带汁，掺到长“毛”的黄豆里，再放上花椒、大料等香料，还有大量的粗盐。接着就是暴晒，直到晒得飘出淡淡的酱香，就算成了。

晒豆豉儿，是开封四十年前夏季最常见的风景。有院子的，每家门口都摆着一个豆豉儿盆子；没有院子的临街房，就在街边摆上自己的豆豉盆子。盆子是宽口大瓷盆，口上绷上白纱布，防止苍蝇爬进去。大大小小的、绷着白纱布的豆豉儿盆子，遍布开封的大街小巷。每到大太阳天儿，毒辣辣的太阳直射在院子空地上，奶奶就颠着小脚，从屋里捧出蒙着白纱布的、装满豆豉儿的大瓷盆，摇摇晃晃地走到门口的树下，将瓷盆放到向阳的大板凳上。微风过处，是各家门口一字排开的豆豉儿盆子。

每到大太阳天儿，毒辣辣的太阳直射在院子空地上，奶奶就颠着小脚，从屋里捧出蒙着白纱布的、装满豆豉儿的大瓷盆

野趣

□

□

现在的野菜都被当作珍馐美味，既少又贵。其实，我们小时候经常吃野菜，也不全是因为饥饿，有时候就是好玩和嘴馋。我上小学时，每周末都有一个固定的娱乐项目：星期天早晨去城墙上玩。废弃多年的古城墙，荒草漫天，杂树丛生，是孩子们的天堂。最常见的，有一种沙土里刨出来的，叫茅茅根儿的东西，细细白白，在沙土堆随手一刨即可见。用手把上面的沙土撸干净了，放在嘴里一嚼，那甜滋滋的汁水就会溢满口腔，是我们最常挖着吃的野菜。再有比较常吃的野菜就是槐花儿、柳絮儿和榆钱儿。这些野菜比茅茅根儿有身份，几乎可以算作一道正式的菜肴。

春天的时候，开封的大街小巷会出现一些手挽藤筐的小贩。他们大多是近郊的农民，柳树发芽、榆树结钱的时候，他们就爬到树上撸几筐，拿到城里来换几个烟钱。奶奶每年春天都会买几斤，给我们蒸一些榆钱儿和槐花儿吃。四十年前的开封人家家都会蒸这些野菜，具体做法是：把干面粉撒在洗净、晾干的新鲜榆钱儿或者槐花儿上，拌匀，上笼略蒸。蒸熟后，趁热拌入香油、蒜泥和盐，这就可以吃了。拌好后的蒸野菜，香气扑鼻，可饭可菜，是纯正的绿色食品。柳芽怎么吃呢？趁着柳芽还没长老，摘下来，嫩嫩的小芽带点苦味，放进开水焯一下，加盐、醋、几滴香油，凉拌了吃，清火开胃。

槐花儿基本不用买，每到夏天，大团的槐花争先恐后地挤在枝头，将汁液饱满的雪白身体荡漾在绿叶之间，馥郁的香味逗引着我们的味蕾。记得书店街和鼓楼街的马路两旁，长满了粗大的洋槐树，沉甸甸的槐花似乎将树身也压低了很多。几个孩子搭好了人墙，伸手到高处的枝头撸下一把把雪白的槐花，再把满巴掌的槐花儿一股脑儿塞进嘴里，清香清甜的滋味，浑然天成。那一刻觉得自己真是不愁吃穿的共产主义者：满大街树上都是唾手可得的美味。

那时候荒地多、植物多、孩子野，孩子跟野菜的缘分也深。现在的孩子已经体会不到爬树撸槐花的豪情了，荒地盖上了楼房，树木被砍下做成了家具。野菜，也成了难得一见的奢侈品。

几个孩子搭好了人墙，伸手到高处的枝头撸下一把把雪白的槐花，再把满巴掌的槐花儿一股脑儿塞进嘴里，清香清甜的滋味，浑然天成

我不记得奶奶蒸了多少米饭，反正那次全家人都放开肚皮使劲地大吃了一顿

大米饭

开封属于产麦子的地区，所以我小时候很少吃大米饭，再说大米和白面都是细粮，不能常吃。那时候，每个人的粮食定量就是粮本上的几十斤，而几十斤的粮食定量里有很大部分是粗粮，高粱面、玉米面等构成平日的基本主食，纯白面只有过年、过节时才能放开吃一次，大米就更难见到了。

还有一个原因，因为大米稀少，在我家乡的风俗里，吃大米饭是隆重的事，须配炒菜和炖菜下饭，菜里还必须有荤腥才像样。而吃馒头、高粱面窝头，随便配个炸豆豉儿、腌萝卜丝就可以了。所以，吃一顿大米饭是奢侈、复杂的工程。

记忆中最痛快的一次敞开肚皮吃大米饭，是在小叔叔下乡后的第一个春节。小叔叔下乡的地方在河南南部，是相对富裕的地区，且盛产大米。小叔叔在“广阔天地”里吃得比在家还好。年终，身强力壮的小叔叔扣除口粮外，还分得了二百斤大米和五分钱。

春节前，小叔叔带着一身的虱子和二百斤大米回到奶奶家，奶奶家举家欢腾。

奶奶当即派姐姐去肉铺割了五毛钱的肥肉，然后把自己晒的干豆角抓一大把用水泡上。肥肉买来，跟泡好的干豆角一同切成丁，放上花椒、大料和酱油一起炖，哎呀，满院飘香！把邻居家的老猫馋得，一中午都贼眉贼眼地在我家门口溜达。

我不记得奶奶蒸了多少米饭，反正那次全家人都放开肚皮使劲地大吃了一顿。堂弟吃多了，撑得半夜里直哭，妈妈起床给他拿了一颗大山楂丸让他吃下去，他马上不哭了，不知道是因为山楂丸好吃还是真的助消化。

这二百斤大米，我们全家吃了两年。奶奶像伺候孩子一样精心保管着，每到夏天就拿出来晒，怕生虫；冬天则放在密封的瓮里，防止老鼠糟蹋。一直到最后，那大米蒸出来的大米饭都稻香扑鼻。

小叔叔的婚礼

□

□

七十年代末，小叔叔结束了知青生涯回城，被安排进国营大厂工作，成为我家第一个工人阶级，这让出身地主家庭、成分一直很高的奶奶非常扬眉吐气。而我未来的小婶婶在市里最大的百货大楼当售货员，是当时最时髦、最实惠的工作，奶奶决定风光大办小叔叔的婚礼。

那时候，整个城市也没几家饭馆，且出品贵，不好吃，所以婚宴都不兴去饭馆，无论规模大小，都在自己家解决。小叔叔婚宴的地点就在奶奶家的院里：整个院子和我家的堂屋以及主卧室都腾出来，摆上酒桌，邻居各家最宽敞的堂屋里也各摆一桌。这样一来，整个院子就变成了一个喧闹的大宴会厅。婚宴的厨房设在胡同里，提前几天支起一个棚子，几根檩条打进地皮，是桩子，桩子上撑起一块巨大的苫布，形成一个四面通风、敞亮好用的大厨房。厨房里用黄泥垒了两个大灶。掌灶的大师傅是专门请来的，据说解放前是大饭馆的豫菜厨师，后来饭馆不经营炒菜了，他就专门给民间的红白喜事掌勺。

大师傅提前几天就过来了，把需要预先准备的半成品准备出来：小酥肉、肉丸子先炸出来一盆；做芥菜肉用的肉方儿先煮好、过油；炸肉皮和干海带先用温水发开。那几天家里、院里到处弥漫着油腻腻的肉香，锅台上、脚底下到处摆放着装满食物的盆子，看得我眼花缭乱，馋虫乱窜。那次酒席是我人生吃过的最隆重、最丰盛的酒席。最惊艳的是吃到了平生第一道甜菜——在没有糕点的年代，这道甜菜带来的奢靡甚至让人有轻微的罪恶感。那道甜菜的名字叫“琉璃馍”，就是将刚出锅的热馒头切成小块，过油炸酥，然后裹满刚熬好的红糖稀，待糖稀冷却后，就成了一颗颗晶莹剔透的“琉璃馍”。

婚宴结束时已是掌灯时分，送走了所有宾客，家人发现我不见了。母亲和奶奶正在焦急间，院子东屋的老皮媳妇来报告：在她家厨房的水缸盖子上，发现了昏睡的我。原来，我偷喝了女宾席上的葡萄酒，喝多了想睡觉，摸到老皮家厨房里，发现厨房安静又暖和，我踩着小板凳爬上了半人多高的大水缸，水缸直径半米多，上面是厚实的大木圆盖，我在盖子上踏踏实实睡到婚礼结束。

那几天家里、院里到处弥漫着油腻腻的肉香，锅台上、脚底下到处摆放着装满食物的盒子，看得我眼花缭乱，馋虫乱窜

偷嘴

□

□

一九七六年夏天，唐山大地震，半个中国都被余震殃及，当时很多省市的居民都搭起防震棚。住院子的，就在院子里搭上防震棚住，住楼房的，就在楼下空地上搭上防震棚住，都不敢回屋。

奶奶家是平房，院子也比较狭窄，搭不了那么多防震棚。解决办法是，各家各户都让孩子和老人睡在床底下和桌子底下，以防夜里有动静跑不出去。

那段日子，我和姐姐就定居在厨房的大餐桌底下。

一天晚上，大人都睡下后，姐姐突然从桌子底下窸窸窣窣地爬了出去。过一会，又窸窸窣窣地爬了进来。我抬起睡意蒙眬的眼睛看着她，她不说话，将一只紧握的手伸到我眼前，手掌打开，手心里托着两块黑乎乎的东西。我见状，连忙从被窝里爬起来，问那东西是什么。姐姐满脸神秘地示意我张开嘴，等我把嘴张开，她捏起其中一块，小心翼翼地放进我的嘴里。啊！原来是红糖块！我这才想起餐桌旁的柜橱里，有一大罐奶奶珍藏的红糖。

从那天起，睡在厨房的姐姐和我，就开始不定期地偷嘴吃。我最爱吃的就是红糖和荤油。储存在瓦罐里的荤油，雪白温润，把食指伸进去，在细腻的凝脂里狠狠一挖，一块晶莹喷香的荤油就被挖出来了。整块放进嘴里，荤油在嘴里慢慢融化，绵厚的滋味慢慢流进心田，心情也随之融化。

姐姐则跟我不同，她是油、盐、酱、醋什么都要尝一下。记得有一次，她弄了一小撮白色的晶体，斜倚在被子上，用一根小手指沾几粒，放在嘴里，半闭着眼睛，满脸陶醉地咂着嘴。我看了她的样子，心里就像有几百条馋虫在抓挠，于是凑过去，请求她赏我一口吃。她开恩般地，将摊着白色晶体的手掌伸过来，我一看机会来了，不能辜负，伸出食指在那堆白色晶体里全力一按，然后将沾满晶体的食指一口吞进嘴里。大量晶体在嘴里迅速融化，一股奇怪的苦味噎得我想吐，原来是味精！

我和姐姐断断续续在厨房餐桌底下睡了几个月，这期间我们尝遍了厨房里所有能入口的东西，包括胡椒面和辣椒面。

从那天起，睡在厨房的姐姐和我，就开始不定期地偷嘴吃

甜糯米粥

□

□

我家乡的风俗，喜欢将孩子生下时的体重当成孩子的乳名，六斤、七斤等乳名很常见。尤其是八斤重的孩子，罕见的体重似乎预示着一个富足的人生，所以更是要当成名字来叫。话说我一落地八斤重，奶奶本来也想把我的乳名定为“八斤儿”，毕竟整个家族里我是唯一一个生下来就八斤重的孩子。但此举遭到妈妈的极力反对，奶奶只能作罢，这是题外话。

我们院食堂管理员家的八斤儿是个男孩，也是一副虎头虎脑的模样，一看就是从娘肚子里到现在，都没亏过嘴。八斤儿的妈妈是院食堂的管理员，因为她力气大，一百斤面粉扛起来就走，加上三代贫农的好出身，所以颇得后勤科长赏识。八斤儿妈干活麻利，人也彪悍，总是理直气壮地多吃多占。最常见的多吃多占就是让她小儿子八斤儿偷吃公家的饭菜。

一天早晨，我上学时路过院食堂，看见八斤儿正趴在食堂的大饭桌上喝粥。他看见我，就招手让我进去。当时食堂已经开过了早饭，一个员工也没有。我绕过几个空桌子，来到八斤儿面前。八斤儿用勺子把碗里最后一勺粥挖出来，笑眯眯地送到我嘴边，说：“尝尝！”我张嘴吞下那勺粥，哎呀，真甜！而且是糯米粥，是放了白糖的甜糯米粥！

看着我惊讶的表情，八斤儿得意地笑了，但立刻又板着脸威胁我说：“不许告诉别人，你要说出去，我就说你和秃三搞对象！”

秃三是我们院最邋遢、最没尊严的一个孩子，和他搞对象那是太大的丑闻了，于是我马上点点头。这时候，操作间传来八斤儿妈的吆喝声：“喝完粥就赶紧上学去，废什么话？”

八斤儿听到这话，冲我做个鬼脸，一溜烟地跑出食堂，上学去了。

从那以后，每次早晨路过食堂，远远看到八斤儿趴在桌子上喝粥，我马上就回味起那甜糯米粥的滋味。而其他孩子都不知道这个秘密，所以每当这时候，只有我会悄悄地咽一下口水，恋恋不舍地把目光挪开。

早晨路过食堂，远远看到八斤儿趴在桌子上喝粥，我马上就回味起那甜糯米粥的滋味

拿的时候需要弟弟把上半身钻进去，摸索半天，才能拿出来，这时候我还要在外面拉住他的腿，防止他“倒栽葱”栽进柜子里出不来

盗窃团伙

北京的物资供应是全国之首，当我们偷厨房里的红糖块当糖吃的时候，北京的商店里随处都能买到各种高级糖果，虽然也是凭票供应，但那毕竟是包裹着花花绿绿糖纸的、口味各异的真正糖果。因为有远在北京的姥姥，我家时不时能享受到北京的高级糖果。那时候，姥姥除了给我们寄糖果，还寄饼干、粉丝等开封没有的紧俏商品。尤其在弟弟离开北京回到开封后，姥姥就寄得更勤了。

每次收到包裹，妈妈只是从里面拿出很少的几颗糖，分给我们姐弟三个，其余的大部分，她全部锁在高低柜的柜橱里。

高低柜的结构是这样的，上层是竖着一排几个抽屉，抽屉最下面是柜橱，所以，卸掉最下面的那个抽屉，就可以把手伸到柜橱里。而高低柜上的抽屉是没有上锁的，很轻松就能卸掉最下面那个抽屉。姐姐通过实验知道了这个窍门，于是她卸掉那个抽屉，将手伸到了藏着糖果和饼干的锁着的柜橱里。

这种“探宝”行动肯定瞒不过我和弟弟，不久，我们姐弟仨就都尝到了甜头儿。从高低柜里拿好东西吃，变成我们姐弟的一个秘密享受。“探宝”行动比较复杂，必须确保大人有长时间不在家的时候，才能进行，所以并不能经常得手。尽管这样，柜橱里的好东西还是被我们吃得越来越少，后来，光伸胳膊进去已经够不到东西了，拿的时候需要弟弟把上半身钻进去，摸索半天，才能拿出来，这时候我还要在外面拉住他的腿，防止他“倒栽葱”栽进柜子里出不来。

一天，家里要来几位重要客人，爸爸妈妈认为用北京糖果招待客人是很有面子的事情。于是他们用钥匙打开了放糖果的柜橱，打开后发现，摆在最上面的糖果袋和饼干筒，早已空空如也，几颗漏网的话梅糖，可怜巴巴地蜷缩在角落，那是我们胳膊达不到的地方。

用北京糖果招待客人的计划落空了，爸爸尴尬至极。客人走后，爸爸让我们姐弟三个排成一排，跪在屋子中间，他则在屋子里来回踱着步子，咆哮着。我记得爸爸的咆哮中带出了“盗窃团伙”这样的字眼，这让我们三姐弟深感事态严重。

红茶菌

□

□

我记忆中，泡红茶菌是从北京、上海等大城市开始兴起的，本来只是一个家庭保健活动，但传到我们这个中原小城时，已经演变成了一个象征科学和时尚的全民健康运动。

制作红茶菌的原料低廉、方法简单，这也是它迅速流行的主要原因。首先，泡红茶菌要有一小块菌种，把菌种放在一个干净的大容器里，然后往容器里注入加了白糖的红茶水，过一段时间，随着淡褐色的菌种不断长大，糖茶水也渐渐发酵变成了酸甜酸甜的红茶菌饮料。我挺爱喝红茶菌，在那个只有凉白开的年代，这也算比较奢侈的饮料了。

我妈妈是红茶菌的忠实拥趸，我家里的糖票都买了白糖，泡成了红茶菌。为了把红茶菌泡得更好，妈妈还到处取经、学习。有一个星期天，妈妈带我到市里一家大医院，专门去拜访医院实验室的一个阿姨，参观她的红茶菌。去之前妈妈告诉我说，这位阿姨泡的红茶菌在业界首屈一指。

那个阿姨的实验室很大，里面散发着淡淡的来苏水味，沿着墙壁摆了很多大标本瓶子，每个瓶子里都泡着形状不同的人体器官标本，有一个瓶子里居然还泡了一个有两个脑袋的胎儿。而在屋子的角落，放着一个一米多长的大玻璃缸，缸里漂着一块巨大的红茶菌菌种。这个巨大的菌种呈现出一种古怪的粉红色，它飘飘忽忽地浮游在水面上，细腻的表皮和粉红的颜色，使它看上去像某种有生命的水生物，给人一种说不出来的吊诡感。

妈妈看了那巨大的粉红色菌块，啧啧称奇。阿姨热情地向妈妈介绍自己的泡菌经验，说加了一些特殊配料，才把红茶菌培养成了粉红色。两个人兴奋地聊到了一起，热烈地交流着泡红茶菌的经验，浑然不觉那吊诡的红茶菌带给我的感受。临走，阿姨拿出剪刀，慷慨地从那巨大的菌种上剪掉一块，送给妈妈。当她下剪刀去剪的时候，我终于忍不住，箭一般蹿出实验室，蹲在树边吐了起来。

那块剪下来的粉红菌块，被妈妈如获至宝地捧回家，安放在我家的红茶菌瓶子里，渐渐长大。从那以后，我再也没喝过红茶菌。

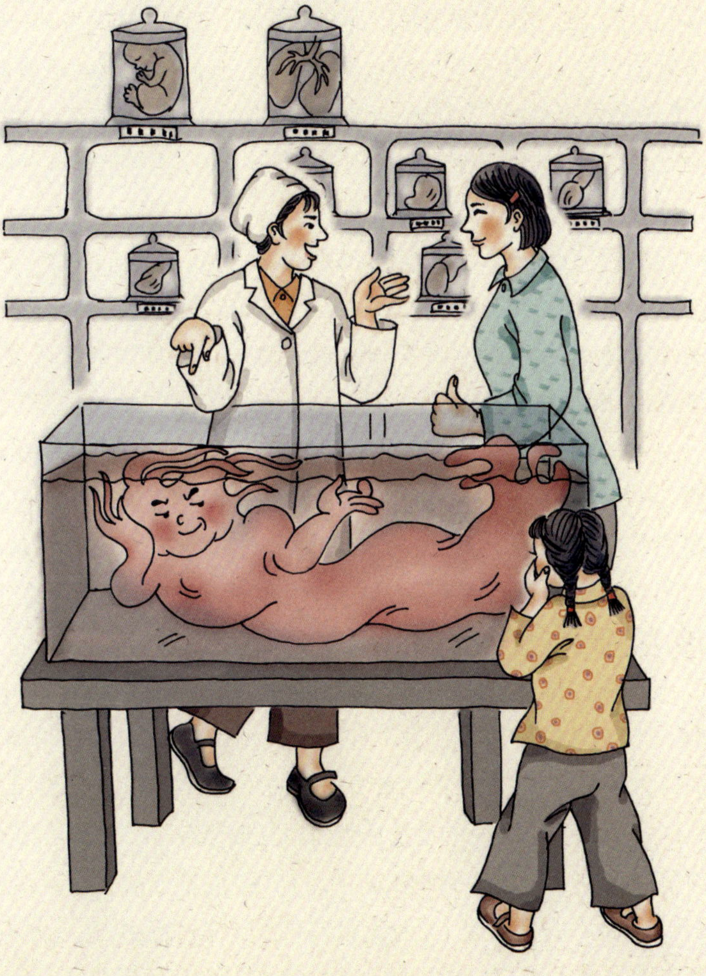

这个巨大的菌种呈现出一种古怪的粉红色，它飘飘忽忽地浮游在水面上，细腻的表皮和粉红的颜色，使它看上去像某种有生命的水生物

番茄酱运动

□

□

每年到夏天，也不知从哪里冒出那么多番茄，又大又红的番茄，成筐成筐地堆放在菜站的柜台上、柜台下，老的一批还没卖完，新的一批就抬进来压在老筐上，老筐渐渐散发出腐败的酸味。一些溃烂的被拣出来堆在菜站的院子里，遇到下暴雨，大大小小的番茄随积水漂出，漂得一条街点点猩红，孩子们大呼小叫地去拣。这是我们城市每个夏天常见的风景。

这时候的番茄已经不是论斤卖，都是撮堆儿卖，最便宜的时候二分钱一大堆。番茄是夏天孩子的常备水果，那时候的番茄皮薄、肉软、多汁，跟水果一样。最奢侈的吃法是：在番茄顶端咬下一块，然后瓢一勺白糖塞进里面，在白糖慢慢融化的过程中，嘬汤儿、吃肉儿。

这时候，家庭主妇就开始了做番茄酱的运动。番茄便宜，瓶子难找，能做多少番茄酱，全看能弄到多少瓶子。我家做得最多那年夏天，陆续做了五十瓶！盖因我妈妈可以从医院拿回大量输液用的葡萄糖瓶子。我家头一年做番茄酱，整个过程都不许我们姐弟插手，像做外科手术一样严格消毒、杀菌。首次大获成功后，妈妈放手发动群众，我和弟弟都被招募进做番茄酱的团队。相比别的家务来说，做番茄酱简直就是一项游戏。我和弟弟在姐姐的监督下用肥皂洗干净手，然后一人守一个干净的大盆。盆里是被妈妈切成月牙块的大堆番茄肉儿和一个消毒过的瓶子，我和弟弟就负责把番茄块塞进瓶子里，塞满后，妈妈把瓶子放在蒸锅里蒸，蒸完，成瓶的番茄酱就可以长期储存了。

虽然妈妈三令五申不许偷吃做酱的番茄块，说番茄沾了唾液，就会长白毛儿、流黑汤，就做不成番茄酱了，但我和弟弟在制作过程中，还是忍不住把滑腻腻的红色果肉往嘴里送，有时候，还会偷偷喝一口盆底的番茄汁。每次偷吃完，又后怕，怕番茄酱真的会长白毛、流黑汤，那样我们的罪行就暴露了。但是我家的番茄酱并没有长白毛、流黑汤，总是那么红艳艳地酸甜可口。

那些年，番茄酱成为我家冬季餐桌上除了大白菜之外的另一个主菜。直到后来，我们姐弟三个一看见番茄蛋花汤就反胃，妈妈这才减少了做番茄酱的数量。

我和弟弟在制作过程中，还是忍不住把滑腻腻的红色果肉往嘴里送，有时候，还会偷偷喝一口盆底的番茄汁

买带鱼

□

□

出生在内陆城市的六〇后、七〇后们，没有不爱吃带鱼的。这是因为，在我们相当长的成长期里，带鱼是唯一能吃到的海鲜，如果不算海带和虾皮儿的话。

三十年前的中国，内陆地区是没有海鲜这个概念的，有限的三两样海产品耳熟能详，直接叫名字就行了，用不着统称。这三两样海产品里，就数带鱼味道最鲜美，且刺少肉多，是老少咸宜的美食。带鱼的市场供应太少了，买带鱼就像一场兵不厌诈的战役，不仅要懂得蹲守，还要快速反应。除了春节期间，带鱼每次出现都是毫无预告的、数量有限的，其神出鬼没的程度，不亚于大海里鱼群的追逐。

而每年春节前，是带鱼一定会出现的时期。春节保障供给，是三十年前的市场铁律。这个时候，家家都长期备战，随时听着街上和院子里的动静。水产公司的门市部来鱼，总会有得到消息的热心人，在胡同里或院子里大喊大叫，通知到每家每户。

在奶奶家住的时候，买鱼的事情是奶奶包办。搬出奶奶家后，我家买鱼的任务责无旁贷地落在我的身上。每年快到春节的时候，妈妈就把钱和票证整理好，放在桌子上，叮嘱放寒假在家的我，留心注意“来鱼”的消息。而我整个一天时间，都要随时支起耳朵，听着院子里的动静。一听到院里喊“水产公司来鱼了！”我就抓起桌上的钱和票证，提上篮筐，箭一般射到街上。

水产公司跟我家隔着一条街，每次我气喘吁吁跑到水产公司门市部，看到长龙一样的人流正在安静地排队，说明鱼还没卖完，我一颗心才会定下来，耐心地站在队尾。排队也不轻松，最要提防插队加塞儿的人，多加进一个人，不但意味着他不劳而获，而且意味着你那份可能被他买走，轮到你恰好就没有了。这种可能性才是最令人不能忍受的，所以那时候因为插队而发生的冲突比比皆是。

我排队买来的带鱼，总是又小又烂，一是因为我年纪小不会挑，二是每次轮到我就到了队尾，带鱼所剩无几，所以我辛辛苦苦买的带鱼经常受到妈妈的挑剔，我也少不了被妈妈责怪。

看到长龙一样的人流正在安静地排队，说明鱼还没卖完，我一颗心才会定下来，耐心地站在队尾

蓖麻籽的味道

□

□

小学三年级的时候，学校要求种蓖麻，说蓖麻浑身都是宝，蓖麻叶可以养蚕宝宝，蓖麻油可以做飞机燃料，用处很大。

那时候的校园里，基本没有水泥地面，大部分都是能种植的土地。当时我们每个年级都有一小块自留地，方便同学们种植一些绿色植物。我们年级的自留地在我的教室门口，就在那里种了好几棵蓖麻。蓖麻种上后，老师要求值日生每天给它浇水，还要定期施肥、松土什么的。那几棵蓖麻长得很茂盛，到了收获的时节，蓖麻结出一粒粒灰黑色的果实，圆圆亮亮的，很饱满。

老师说，蓖麻籽有毒，不能吃。但每次看到这饱满得像坚果一样的蓖麻籽，我都忍不住想知道它里面是什么滋味。

终于有一天，我趁老师不注意，将摘掉的几颗蓖麻籽偷偷带回家。晚上写完作业，我把蓖麻籽摊在桌子上，仔细研究，发现那灰黑色的外壳带有很纤细的花纹，非常漂亮。我拿起一颗，用牙轻轻一咬，“喀吧——”，薄薄的壳就开了。我小心地把壳剥开，发现里面的蓖麻籽是雪白的，晶莹剔透，似乎包含了很多油水，我忍不住放了一颗在嘴里，一嚼，很多油出来，但是味道并不好，有点麻、有点涩，我把它吐在地上。接着又磕开了一颗，一尝味道还是一样。几颗蓖麻籽尝过，我的舌头已经麻了，于是我彻底放弃了对蓖麻籽味道的探索。

到了夜里，我开始上吐下泻。在妈妈的逼问下，我承认偷吃了蓖麻籽。妈妈忧虑地看着我，跟站在我床边的爸爸商量：“可能是蓖麻中毒，实在不行就给她灌肠吧？”

灌肠？我躺在床上，迷迷糊糊听到这个字眼，马上想到在北京吃的炸灌肠儿，多么美味啊！于是我用虚弱的声音说：“我要吃灌肠儿，我要吃灌肠儿！”

妈妈哭笑不得地瞪我一眼，说：“你就知道吃！”

终究，没有灌肠我就痊愈了，但半夜上吐下泻的惨痛经历，让我牢牢记住了蓖麻籽有毒这件事，从这以后，我看见蓖麻就发怵，路过都绕着走。后来，陆续听说其他同学也有吃蓖麻籽中毒的。

我用虚弱的声音说："我要吃灌肠儿，我要吃灌肠儿！"

文青儿梦

虽然呆萌，
但我一直在通向文青儿的路上狂奔，
跌跌撞撞，不忘初心。

坐着绿皮儿火车去旅行

□

□

第一次坐火车，是四岁那年跟随奶奶去走亲戚。为了让我体面地见人，奶奶给我赶做了一双绣花虎头鞋，我穿着崭新的虎头鞋登上了火车。

那个年代的火车都是墨绿色的，威武地停在站台上，透出一种远方特有的神秘和陌生。车窗也不是封闭的，用力一抬就能抽上去，方便车里的人抽烟、乘凉，或者在没开的时候探出头来跟送亲友的人告别。那时候出趟远门非常不容易，人们对于远行的人有一种格外的担忧和疼惜，每个车窗外面都聚集着一小簇饱含深情的送别者。

虽然是第一次离开妈妈出远门，我却完全没有惜别之情。看着巨大的火车，我被第一次坐火车的新奇弄得很兴奋，本来就不内向的我变得格外"人来疯"。

火车开动后，我在车厢里有问必答，语惊四座，成了旅客们的"开心果"。奶奶乘兴让我给大家唱首歌，当时我已经上了几个月的幼儿园，粗通文艺。奶奶的提议得到大家的热烈响应，我还被抱上了小桌子。我站在桌子上毫无忸怩，双手叉腰，单腿后踢，大声唱："小弟弟、小妹妹，大家来开故事会，你讲黄继光，我讲董存瑞，雷锋王杰杨子荣，革命故事放光辉！"

一曲唱罢，大家纷纷鼓掌，接着要求再唱一首。于是我再次双手叉腰，单腿后踢，大声唱："小弟弟、小妹妹，大家来开故事会……"话音未落，人群里爆发一阵大笑："这个唱过了！"我等大家笑完，镇定地说："还没唱完呢。"

大家只好忍住笑说："好，唱吧！唱吧！"我依然双手叉腰，单腿后踢。这次我格外卖力，把一条腿用力甩向后面。火车的车窗是半开的，我踢脚的瞬间，巨大的风力把虎头鞋从脚上掀起，我突然感觉脚上一松，虎头鞋被甩出了敞开的车窗！随着列车的奔驰，虎头鞋无影无踪！

刚上脚的新鞋就这么丢了，是太大的经济损失了！奶奶又气又恨地瞪着我，众乘客见势不妙，尴尬地纷纷散去，只剩下光着一只脚站在小桌上的我。

我站在桌子上毫无忸怩，双手叉腰，单腿后踢，大声唱：“小弟弟、小妹妹，大家来开故事会，你讲黄继光，我讲董存瑞，雷锋王杰杨子荣，革命故事放光辉！”

走到家门口时，姐姐回头冲我嫣然一笑，脸上的假皱纹突然狰狞地挤在了一起，当时就把我吓住了，不由得“哇”的一声哭了起来！

被吓哭的“粉丝”

姐姐上小学以后，被选为学校的文艺积极分子。文艺积极分子就是那个时代的文艺青年。那时候可供文艺青年发挥的地方不多，演来演去也就是八个样板戏，而样板戏男女主角非常有限，大部分同学是客串匪兵甲、群众乙。

有一次，姐姐学校排演现代革命京剧《沙家浜》，姐姐有幸被选中扮演沙奶奶。能演一个有名有姓的角色那是大荣耀，虽然在京剧里，沙奶奶是老旦。被选上以后，姐姐兴奋了好几天。

演出那天，为了不耽误下午的演出，中午，老师们就给各位演员化好了装。姐姐带着装回家吃午饭。她穿着一件老太太的灰大褂，腰里系着蓝布小围裙，带着一脸横七竖八的假皱纹，脑袋后面还用假发梳了个小纂儿，一副小老太太的样子。

姐姐一走进胡同，立刻引起了一阵骚动，一群孩子蜂拥而上，殷勤地追随着她，问这问那。姐姐一言不发，矜持地绷着脸走在前面。我作为家属，紧随其后，并且不时挡开企图靠近姐姐的孩子。

走到家门口时，姐姐回头冲我嫣然一笑，脸上的假皱纹突然狰狞地挤在了一起，当时就把我吓住了，不由得“哇”的一声哭了起来！

奶奶听到哭声，颠着小脚从厨房走出来，见状，扬手就给了姐姐一巴掌：“画的什么破玩意，把孩子吓成这样！”

姐姐头上的小纂儿被奶奶拍得应声落地，短发顿时散了一脸。眼看着好不容易梳的小纂儿付之东流，下午的演出也要泡汤，“沙奶奶”悲从中来，也“哇哇”大哭起来，一场“粉丝”见面会就这样不欢而散。

当我和姐姐排着队从后台走出来的时候，我又要喊口号还要举胳膊，一紧张脚步就走成了顺拐，左脚就踩到了姐姐左脚的弓鞋后跟上

芭蕾舞鞋

看过现代芭蕾舞剧《红色娘子军》后，姐姐深深迷恋上了那尖尖窄窄的红舞鞋。

经过考证，姐姐发现奶奶的鞋非常像芭蕾舞鞋。奶奶是三寸金莲，她的鞋尖尖窄窄，而且面料硬挺，摆在地上就像一艘挺括的小船。最可贵的是，鞋尖部分也比较硬，很适合踮脚尖站立。

这个发现让姐姐兴奋不已，于是她经常在奶奶不在家的时候，从箱子里拿出奶奶平常舍不得穿的黑色平绒滚边弓鞋，在屋里练习芭蕾舞。没有知音是寂寞的，所以姐姐特批我和她搭档演出，我的角色大概就是：她演吴琼花的时候，我演南霸天，她演政委洪常青的时候，我演通信员小庞，总之就是在她身边衬托她。

有一天，奶奶去居委会开会，家里没大人。姐姐邀请了院子里的几个女孩子来家里，她要给大家表演她自己排练的现代芭蕾舞剧《红色娘子军》。

还没上小学的我，头一次参加这么重要的演出，既兴奋又紧张。姐姐那时候已经是校宣传队的文艺骨干了，是见过“大场面”的。我们出场时，按姐姐的要求，我们俩人要大步从后台走出，边走边振臂高呼：“杀向舞台！杀向舞台！锵！”“锵”字一落地，我俩要摆一个造型，然后演出才正式开始。

意外就发生在复杂的出场式上。当我和姐姐排着队从后台走出来的时候，我又要喊口号还要举胳膊，一紧张脚步就走成了顺拐，左脚就踩到了姐姐左脚的弓鞋后跟上。弓鞋硬，所以我踩上后姐姐也没有反应过来，但抬腿时就受了限制，重心一下子歪了，而我走得急，又一头撞在姐姐身上，姐姐被我一撞，干脆一个趔趄摔在地上，我随即摔在姐姐身上。

看着我们姐俩摔成一堆，观看演出的女孩子们哈哈大笑，眼泪都笑出来了。姐姐无地自容，羞愤交加。打这以后，她更加坚定地认为，不能跟我进行任何形式的合作。

听收音机

□

□

奶奶家胡同里，有一个唯一的独门独院，院子里住的是大学老师一家。大学老师一家四口，丈夫是大学老师，老婆是小学老师，他们有两个女儿，大女儿八岁，叫继红。在那个家家三世甚至四世同堂的时代，几家人分享一个大杂院是最常见的居住形式，独门独院是非常少见而奢侈的。而且，大学老师夫妻俩也不常跟胡同里的人来往，因此继红家略显神秘。他们家有一台非常高级的家用电器——红灯牌收音机，胡同里的人都知道，但很少有人听过这部红灯牌收音机。

大学老师当时在学校里也无事可做，属于被监控的对象。因为苦闷，所以需要绝对的安静，不许家里人听收音机。不过有一个时候例外，那就是继红洗衣服的时候。他们全家的衣服都是继红洗，每次继红把直径跟她差不多高的大洗衣盆拖到院子里的时候，大学老师就会把收音机搬到院子里，让她边听边洗。

有一个下午，继红家的院门突然打开了，而且传出了响亮的音乐声。原来，大学老师和小学老师都不在家，继红正独自在院子里洗衣服、听收音机。胡同里的孩子像听到了集结号，从四面八方溜进了继红家的小独院。我跑进继红家小院的时候，收音机里正播送着现代芭蕾舞剧《红色娘子军》插曲《洗衣歌》，那欢快的旋律和我们当时的心情非常一致。

别看大学老师清高，继红却是个随和、温顺的孩子，从不拒绝跟我们玩耍。她大方地转动收音机旋钮，让我们听各种频道。我们这才知道，收音机不像小广播只能听一个频道，收音机里好多频道，想听哪个听哪个，而且都那么好听！

那天下午，真是一段快乐的时光，我们不光听到了《社员都是向阳花》《浏阳河》等等歌曲，我们还帮继红干了很多“活”：把洗衣服的肥皂水浇到花圃里；把一件的确良上衣的有机玻璃扣子全部扯飞；一整块矛盾肥皂被我们洗成了瘦瘦一条儿。

当天晚上，继红被父亲责令在院子里罚站，站在被肥皂水浇蔫了的大丽花面前，“反省”自己的错误。那个下午，是我第一次，也是最后一次听继红家的红灯牌收音机。

我跑进继红家小院的时候，收音机里正播送着现代芭蕾舞剧《红色娘子军》插曲《洗衣歌》，那欢快的旋律和我们当时的心情非常一致

红缨枪

□

□

看完电影《闪闪的红星》后，我迷恋上了红缨枪。

潘冬子背着红缨枪雄赳赳走在队伍前面的样子，是所有孩子心目中最向往的形象。那一阵子，我最渴望得到的装束就是，穿一身真正的军装，腰里扎一条宽宽的牛皮带，胸前飘着红领巾，肩上扛一条银光闪闪的红缨枪。

有一天，我在奶奶的床下翻出一个涂了银漆的木头枪头，是小叔叔参加民兵训练时用过的。枪头的银漆已经部分剥落，露出斑驳的木质纹理，但无论怎么说，这都是一个枪头啊，我欣喜若狂。我拿出早已准备好的一根木棍儿，用旧毛线把枪头缠到木棍的一头。接下来，剩下最重要的一项：寻找红缨。像电影里那红绒绒、飘飘然的红缨肯定是找不到了，别说妈妈不可能给我买，就是想买街上也没有卖的。

我魂不守舍地在院子里踅摸了好几天，终于发现，邻居王大妈门口的木栅栏上晒了很多准备打袼褙用的碎布，其中一块碎布的颜色是鲜红的，大小也合适。于是，我趁王大妈午睡时，把那块红布偷到了手。我把红布撕成一条一条的，绑在枪头下面和枪身的对接处，红布条的长度和密度正好挡住枪头和木棍儿枪身之间胡乱捆绑的麻绳。

红布条虽然没有红绒绒的感觉，但是飘飘飒飒也很招摇。一条威风凛凛的红缨枪出世了！我扛着它立刻跑到胡同里神气活现地走了一圈，引来了所有孩子羡慕的目光。在大家的簇拥下，我甩着胳膊大踏步走着，感觉自己就是勇敢、机智的儿童团团长。

我最渴望得到的装束就是，穿一身真正的军装，腰里扎一条宽宽的牛皮带，胸前飘着红领巾，肩上扛一条银光闪闪的红缨枪

一双绣花鞋

□

□

当大家的耳朵被“黄继光”和“董存瑞”的故事磨起老茧时，一个另类的文学载体——“手抄本”，悄悄进入了人们的视线。手抄本，顾名思义就是一个字一个字用手抄写的，它不同于官方印刷书籍，它全凭自身强大的生命力活跃在民间。是谁创作了第一篇“手抄本”故事？是谁传抄了第一本“手抄本”？没人说得清。但是“手抄本”这种文学形式一出世，即呈井喷之势席卷了神州大地。那个年代成长起来的人，谁没听说过手抄本的故事？

《一双绣花鞋》《梅花档案》《一百零一张美人皮》《绿色尸体》……光听名字就能把胆小的吓尿。何况，这些故事大多冠以真实事件的名义，开篇都交代说是解放初期的真实反特故事。例如，有一个深夜，一个抱孩子的妇女出现在南京长江大桥上，她请求驻守南京长江大桥的解放军战士帮她抱一下孩子。解放军战士接过孩子，感觉不对劲，仔细一看，发现这是个死孩子！再一检查，孩子的肚子里装了一颗定时炸弹！这时候再找那个妇女，她早已消失在茫茫夜色中！

在那个单纯的年代，人们对人性的阴森和诡诈缺乏想象力，所以，这些反映国民党潜伏特务搞破坏的破案故事，对我们来说惊悚、离奇，非常刺激。就在几年前，《一双绣花鞋》被改编成了电视剧，还加进去很多丰富的情节，但我观之，感觉索然无味。这些三四十年前流传的离奇故事，放在今天看平淡无奇，因为我们面前展开的世界，纷繁复杂，大大超过以往的经历和想象。

那时候北方都是大公厕，一条胡同或者一个院子拥有一个公厕，多的可以同时容纳十几个人解决大小便。公厕都设在通风、人少、僻静处。这些破案的故事听多了，最直接的一个后果就是晚上不敢上公厕。白天的公厕人群川流不息，晚上则安静无人。有时候，厕所灯泡还被贪小便宜的人偷拧下来拿回家，整个厕所淹没在漆黑的夜色中。尤其是冬天的晚上，偏僻、冷寂的公共厕所，阴风阵阵，成了一个令人心悸的“黑洞”。那时候，有个问题经常困扰我：如果脱了裤子刚蹲下，就看见墙角有一双蠕动的绣花鞋！咋办？！

尤其是冬天的晚上，偏僻、冷寂的公共厕所，阴风阵阵，成了一个令人心悸的“黑洞”。那时候，有个问题经常困扰我：如果脱了裤子刚蹲下，就看见墙角有一双蠕动的绣花鞋！咋办?!

小广播

□

□

小时候，家家都有一个有线小广播，那是政府配给的、免费安装到各家各户的，方便大家随时聆听党中央的声音。

每个城市都有属于自己的广播站，就像现在每个省市都有自己的电视台一样。广播站是个令人神往的单位，在广播站工作的也都是引人注目的风流人物。不过，那时候城市广播站并没有什么编导权力，每个城市的小广播一年三百六十天的播音内容几乎都一样——当天新闻摘要，而摘要内容永远是《人民日报》的各种社论。小广播每天早晨六点钟开始播音，晚上十点钟播音结束。开始曲是《东方红》，结束曲是《国际歌》。

即便这么单调的节目，那时候的广播站也是一个城市的灵魂，是市民的精神家园，是党的喉舌和助手。所以，在"文革"派系斗争最激烈的时候，我们城市的广播站也成为争夺焦点，发生过一件惊心动魄的事。

"文革"初期搞武斗，两派红卫兵激烈争夺市广播站。一天，一派红卫兵占领了广播站，广播里传来一个激昂的女声："革命的群众们，我们终于占领了……"说到这里声音戛然而止。原来，另一派红卫兵闯进了播音室，他们掐住了正在播音的女红卫兵的脖子，当场把她掐死在播音台上。全市人民都听到了这个女红卫兵最后的声音。

这个惨烈的故事传遍了城市的角落，我也听说了。自从听说了这个事件，我对小广播里面那激昂而高亢的声音总是又敬又怕。每天晚上十点钟，万籁俱寂，我躺在黑暗中听着悲怆的《国际歌》，总是不由自主地联想到那个死去的女红卫兵。

每天晚上十点钟，万籁俱寂，我躺在黑暗中听着悲怆的《国际歌》，总是不由自主地联想到那个死去的女红卫兵

每一次看到“好人”被折磨得死去活来，我都会惶恐地对自己的灵魂进行一次拷问：我能受得了这些酷刑吗?!

英雄都说：不知道！

我们每次玩“打仗”，都分“好人”和“坏人”两组。一般都是“好人”跑，“坏人”追，而每次都有腿脚不利索的倒霉蛋儿被“坏人”逮住。被逮住后，照例是“严刑拷打”，台词一般是：“你说不说?！”被逮住的人一定会气吞山河地吼：“不——知——道！”

我从小就知道，被敌人抓住要说“不知道”，再怎么拷打也要说“不知道”。党和人民都在注视着你，你要熬不住刑，那你就完了！不但会成为大家鄙视的叛徒，接受党和人民的惩罚，还要被永久地钉在耻辱柱上，遭受世世代代的唾骂！《红灯记》里面的叛徒王连举，《江姐》里面的叛徒甫志高，就是活生生的例子。

所以，我小时候一直有一个巨大的、隐秘的心理障碍，那就是：如果我被敌人抓住了，面对酷刑，我该怎么办？电影和小人书一直暗示我们：干革命就要时刻准备牺牲和受刑。那时候几乎所有的电影和小人书都有“好人”受折磨的情节：灌辣椒水，手指钉竹签，坐老虎凳，被大狼狗撕咬……每一次看到“好人”被折磨得死去活来，我都会惶恐地对自己的灵魂进行一次拷问：我能受得了这些酷刑吗?！

这个问题一度成为我的心病。我常常在夜深人静的时候苦苦盘算：我是不是能在被捕后及时吞下埋在领口的毒药？因为我权衡再三，觉得服毒自尽是我能做的最勇敢的事情了。但是，后来我听说，服毒自尽也是怯懦的表现，那叫畏罪自杀，而真正的共产党员就是要接受各种酷刑的考验。我自从得知了这个原则，就陷入了绝望，对自己的品德产生了深深的自卑。

“穿林海，跨雪原，气冲——霄汉！”因为道具的真实，我俩玩得很是尽兴

杨子荣

刚上小学时，我有一阵跟妈妈住在医院的单身宿舍里。妈妈的医院是由一处大宅院改建的，虽然解放后又盖了两栋楼，但还是大致保持了曲径通幽的格局。

在医院深处，有个极其僻静、窄小的跨院，里面住着母子俩。孩子的父亲是医院原院长，“文革” 刚开始，就被打成 “走资派” 关起来了。小院里住着的母子俩，就是院长夫人和她的小儿子。虽然曾贵为院长夫人，但我在医院住的时候，整个医院的人都不敢跟这母子俩来往，言谈话语里也从不提及他们。

我那时住在职工单身宿舍，周围都是没结婚的年轻人，没有孩子跟我玩。于是，我经常背着妈妈，溜到小跨院找那个男孩子玩。小男孩跟我年龄相仿，但是没有上学，天天闷在家里，他每次看到我都很兴奋，对我非常巴结。我很享受这份巴结，于是经常去找他玩。

有一天下大雪，我突发奇想，要扮《智取威虎山》里的杨子荣。我去小跨院找到小男孩，他热烈响应我的提议，立刻跑回屋里，从他家的衣柜里扯出两条雪白的床单，给我当披风！我非常惊喜，本来想自己当杨子荣，当下决定，让他也扮一回杨子荣。

“穿林海，跨雪原，气冲——霄汉！” 因为道具的真实，我俩玩得很是尽兴，在雪堆上闪转腾挪，把积雪和肮脏的泥土踢腾得到处都是。我们的动静终于传到在前院上班的妈妈耳朵里，她气急败坏地找到小跨院，一把扯掉我身上的床单，然后拎着我的棉袄领子，脚不沾地儿地把我提溜出小跨院。

被妈妈拎出跨院的一瞬间，我只来得及回头看了一眼我的 “战友”。他被眼前的变故弄蒙了，怯怯地看着我妈妈，不敢说话。在他脚下，还堆着一条被泥水染成黄黑色的肮脏床单，他完全没有了杨子荣的意气风发。

后来，听说我的战友 “杨子荣” 随母亲搬到乡下了，小跨院一别，我再没见过他。后来，小跨院变成了后勤科的库房，被永久锁上。

织假领

□

□

在我童年记忆里，冬天是枯燥中又带点温馨的季节。冬天天寒地冻，户外活动大大减少，大家不得不缩在屋子里打发业余时间。平时高傲的、难见踪影的姐姐和姑姑们，这时也走下神坛，屈尊和我们小屁孩共处一室，于是大家庭里会出现难得的其乐融融的场面。

我印象最深刻的冬天的室内活动，就是织假领。四十年前，非常流行戴假领。因大家经济条件有限，衣服不能常换常新，也不能过于花哨，而常换假领、在假领上做足文章，则是可以做到的。一个漂亮、得体的假领，可以起到纲举目张的作用，能够把平凡的衣服点缀得美轮美奂，化腐朽为神奇。

假领的种类众多，大体上分为布料的和毛织的两种。布料假领一般用旧衣服改成，在春秋天套在衬衣里穿的，既可以通过翻出的领口露出一角，也可以翻出展现在外套上；毛织假领是冬天包在棉袄领子外面的，既能点缀暗沉的棉袄，又能经常换洗，避免弄脏棉袄领子。相比起布料假领，毛织假领更能体现创意和巧思，因为图案和花色都可以自己设计，而且制作快捷、破费不多。一般是用粗一点的钩针和极细的毛线织成，如果是手巧的女孩子织，小半天就能织好一个假领。

织假领一般都是女青年和少女们的事情，而她们织的假领除了给自己和家人之外，还有一些神秘的去向。所以，在织假领的时候，她们经常几个人凑在一起，一会儿叽叽咕咕对比图案，一会儿窃窃私语说着心事，说到关键处，还捂着嘴浅笑。织假领的过程，也是她们分享心事、交流情感的过程。

作为一个未成年的小屁孩，我很渴望加入这种真正的淑女团体。我羡慕那些灵巧转动的颀长手指；我也羡慕她们扎堆聊天，小声说大声笑的氛围。我向妈妈要毛线，妈妈被我磨得不耐烦，给了我一小团拆劳保手套的白棉线。我拿了一根姑姑废弃的钩针，煞有介事地凑在她们中间，学织假领。

简单针法很好学，但我不会收针和织图案。一个冬天下来，我织出了一条两尺长、两寸宽的白“假领”。最后，被奶奶拿去当了裤腰带。

我羡慕那些灵巧转动的颀长手指；我也羡慕她们扎堆聊天，小声说大声笑的氛围

院子里来了上海人

□

□

奶奶家的院子里住着一家南方人。都说南方人爱干净，但是，奶奶家院子里这一家南方人，绝对是我见过的南方人里最邋遢、最奇怪的。虽然居住在缺水的中原小城，这一家南方人还努力保持着水乡农村的生活习惯。他们常年在家里养鸭子，鸭子像宠物一样各屋子乱窜，满屋鸭屎臭，床底下的破棉絮就是鸭子窝。脸盆放在地上，鸭子时不时去凫水。偶尔，他们家水缸里还会养一两条从河边钓来的草鱼，然后用水缸里的水熬粥、沏茶、和面蒸馒头。在那个闭塞的年代，他们作为我生活里仅见的南方人，给了我极为震撼的认知，让我误以为南方人都是在水缸里养鱼，在脸盆里放鸭子，并用养鱼的水熬粥。

但是这家南方人，却有一门最尊贵、最时髦的亲戚——上海人。这个货真价实的上海亲戚，让这家邋遢的南方人在全院人的心目中扳回重要的一局。

上海，从五十年代到八十年代，都是中国的时尚之都，是远远领先其他城市的发达地区，我小时候，最好的糖果是上海大白兔，最好的缝纫机是上海蝴蝶牌，最好的雪花膏是上海友谊牌，最好的牙膏是上海中华牌。这些牌子差不多覆盖整个衣食住行。所以，当上海亲戚探访这家南方人的那天，全院孩子都像过节一样，围堵在他们家门口，仰望这个来自时尚之都的人。

那个上海亲戚是个年轻女人，她当时正站在堂屋的脸盆架旁洗脸。我注意到他家的脸盆被刷得空前干净。上海女人一边洗脸一边跟家里人拉家常，说着我们听不懂的方言。她上身穿一件白底碎花的的确良衬衣，下面是浅蓝色的裤子，脚上穿一双黑色丁字皮鞋。这些看似普通的衣服穿在她身上，显得那样清新、雅致。她淡眉细眼，皮肤白嫩、透明，脸颊上隐着两团粉红。她说话时声音娇柔婉转，抑扬顿挫间透着令人酥软的甜滑。总之，她全身上下并无过人之处，却又让人感觉她处处与众不同。有了她的对比，那间肮脏的堂屋更加肮脏、灰暗，我们的院子也显得破败和凄惶——在此之前，我从没觉得院子有什么不好。而只有她，是这暗淡无光的背景中唯一一抹“闪闪发光”的亮色。多年以后，我才明白这“闪闪发光”的感觉，就是“气质”。

那个上海亲戚是个年轻女人，她当时正站在堂屋的脸盆架旁洗脸。我注意到他家的脸盆被刷得空前干净

日记

□

□

我首次展露非凡的写作才华，是在上小学二年级的时候。

为了提高作文水平，老师要求我们每天写一篇日记上交，由老师讲评。那时候，优秀日记的范本就是雷锋日记，但是班上的同学都不能明白此中玄机，净写些家长里短和鸡毛蒜皮，任凭老师怎么启发也不开窍。

终于有一天，我写了一篇在公共汽车上给老大娘让座的日记，这让语文老师如获至宝，她把这篇日记当作范文，在语文课上大讲特讲。从此我福至心灵，一写而不可收：从给老大娘让座，到帮老大爷扫地，还有在马路上捡到两分钱……我的"好人好事"层出不穷、花样翻新。

我的每一篇日记被老师讲评后，我们班的日记就会出现大量雷同的情节，甚至有个同学一个星期给老大娘让好几次座儿，以至于语文老师不耐烦地在其日记上批注：不要吃别人嚼过的馍！

为了鼓励我写出更好的日记，妈妈给我买了一个高级的塑料皮日记本，这是我人生中第一个最好的日记本。我在扉页精心地画上青松和梅花，然后工整地写上：我不愿做温室里的花朵，我要做暴风雨中的海燕。想了想，觉得这句话太幼稚，用橡皮涂掉，改成：生命属于人只有一次，一个人的生命应当这样度过：当他回首往事的时候，他不因虚度年华而悔恨，也不因碌碌无为而羞愧。

扉页上写下这个警句后，我常常幻想：自己因为在烈火中保护国家财产而牺牲；或者因为在洪水中抢救落水儿童而捐躯。我死后，大家发现了我的日记，所有人都感动得流下了热泪……想到这里，我自己也被感动得鼻子发酸。

换了新日记本不久，我们班换了语文老师，新语文老师毫不客气地在我日记上批注：要表现自己的真情实感，避免华丽辞藻的堆砌。在这种打击下，我渐渐失去了写日记的热情。

我常常幻想：自己因为在烈火中保护国家财产而牺牲。我死后，大家发现了我的日记，所有人都感动得流下了热泪

启蒙人生的小人书

□

□

我认识这个世界，是从小人书开始的。我的是非、善恶、美丑观，也是随着阅读小人书建立起来的。看过的小人书里，印象最深刻的就是苏联作家高尔基的三部曲：《童年》《在人间》《我的大学》。我对于书中老祖母圣母一般的慈祥和悲悯神往不已，每当被奶奶责骂的时候，我就希望把自己的奶奶换成高尔基的老祖母。我对于书中的外祖父也印象深刻，他的吝啬和自私让我极度鄙视，我经常形容身边自私又可笑的人，称他们为“高尔基的外祖父”。这部书还给我留下深刻印象的，是那不同于中国线描画的版画技法，这种西洋画的风格，让我对陌生的“外国人”生活，有了鲜明的代入感。

至今想起都让我唏嘘落泪的，是《王二小的故事》，还记得那本书是大开本、彩色的。有一幅画，是王二小牺牲前最后一个画面，他站在大石头上挥手，向游击队打信号。那瘦小的身形和倔强挥舞的手臂形成惨烈的悲壮，让我涕泪俱下。成年之后，我一听到那首《歌唱二小放牛郎》的歌，还会想到这本《王二小的故事》，想到那个悲壮的身影，眼睛还是会不由自主地潮热泛红。

而最让我惊悚、恐惧的，莫过于木刻版连环画《一块银元》。故事讲述的是一个穷人家的小女孩，被地主抢了去，活活灌了水银毒死，然后被穿上红袄绿裤，端坐在灵车前出殡，最后被当成祭品殉葬。连环画上，那小女孩的尸体手持纱灯、盘腿端坐的样子，令人细思恐极，那栩栩如生的“僵尸”形象，看得我头皮发麻，给童年的我留下了深深的刺激。给活人灌水银这种匪夷所思的迫害，既令我毛骨悚然又超出了我的认知范围，所以那惊悚的画面牢牢地盘踞在我记忆里，成为我内心一个暗结。

为此，在长大后我曾多方考证，但并没有发现“把活人灌水银毒死”，跟“摆成固定造型”当祭品之间的必然联系。也就是说，汞中毒致死并不能使尸体防腐，也不能比普通死亡更容易摆成栩栩如生的造型。所以，把活人灌水银致死、再摆造型当成祭品的做法，既没必要，在科学上也不成立。看到这个结果，盘踞我脑海里的惊悚画面才有所模糊，暗结悄悄打开。

连环画上，那小女孩的尸体手持纱灯、盘腿端坐的样子，令人细思恐极，那栩栩如生的“僵尸”形象，看得我头皮发麻，给童年的我留下了深深的刺激

我的小画本里全是各式各样的“女特务”和“资产阶级小姐”。她们的长波浪发型、丹凤眼、饱满的红唇，都是我用心描摹的

偷偷喜欢女特务

当我刚刚开始建立审美观的时候，我就鬼使神差地喜欢上了电影、小人书里面的各种“女特务”。粗眉毛、大嗓门的李铁梅、江水英让我敬而远之，妖冶风骚的“女特务”和“资产阶级小姐”却让我喜闻乐见。

我喜欢过电影《铁道卫士》里面的王曼丽，《英雄虎胆》里面的阿兰，还有《永不消失的电波》里面昙花一现的尼娜。更有一个让我神魂颠倒、不能自拔的，就是小人书《钢铁是怎样炼成的》里面的冬妮娅。少女时期的冬妮娅娇俏、清新，其中有一个场景，她穿着大摆圆裙，勾勒出曼妙的腰身，脚下是浅口小皮鞋，头上是宽檐太阳帽。这身装束，让同样是少女的我神往不已。而最让我惊艳的，是冬妮娅变成商人的妻子后，在风雪交加的火车站偶遇保尔。那一页画面里，她身穿一件华贵的貂皮大衣，歪扣着一顶貂皮小帽，下面是一双黑亮亮的高筒皮靴，纤细的高跟衬托着曲线玲珑的小腿。这个形象只出现几页，而且是作为被批判的资产阶级臭小姐出现的。但我读这几页的时候，完全忘记了文字主题，我只被冬妮娅惊鸿一瞥的美貌和高贵吸引了，冬妮娅把女人特有的成熟、雍容和华美表现得淋漓尽致，让我暗自顶礼膜拜。

对于自己这种不光彩的爱好，我当然羞于示人，只藏在心里，偷偷在各种小人书和画册、电影里默默寻找、挖掘着“女特务”和“资产阶级小姐”的形象。而这种形象只是工农兵形象的点缀和反衬，出现得非常少。所以，我干脆自己用白纸装订了一个小画本，自己画。我的小画本里全是各式各样的“女特务”和“资产阶级小姐”。她们的长波浪发型、丹凤眼、饱满的红唇，都是我用心描摹的。甚至她们烟视媚行的做派、纸醉金迷的生活方式，也都让我暗自羡慕。我很惭愧地发现，自己有点同情那些被女特务拉下水的人，因为，这样的女人和她所带来的生活，确实让人很难拒绝。

这种时刻，我一般早早就围在炉子边等待，殷切地注视着忙碌的姑姑和姐姐们，等她们都烫完了，对着镜子美够了，就会“开恩”给我烫

卷刘海

我出生后，烫发这个行业就从全市的理发馆消失了，成年女性基本都是“柯湘头”——自然垂下的齐耳短发。年轻女孩子会把长发编成两条辫子，或长或短，除此以外就没有别的发型了。

爱美是人之天性，在单调的发型里，刘海就成了变化的焦点，长刘海、短刘海、齐刘海、碎发刘海等等，人们在发型不变的情况下，把所有心思都花在刘海上，手工卷刘海的技术就这样广泛地存在于民间。卷刘海，是只在节日才被默许的美容行为。在提倡艰苦朴素的年代，卷刘海这种臭美活动是决不被允许的，但是到了国庆、春节，或者去照相馆拍照片时，卷刘海就成了顺理成章的事情。

最常见的卷刘海方法是：把长火钳在炉子上烧热，烧的火候要掌握得很好。火钳太烫，会把头发烧焦；火钳太凉，又没有效果。所以，烧完的火钳要先拿张纸试一下：用火钳夹纸，一夹，纸就变成黑灰，太烫，不行；一夹，纸变成淡黄色，可以了。用烧好的火钳夹紧刘海的发梢，然后往上转动缠绕，一直缠绕到发根。这时候千万不能乱动，否则“滋啦”一声就能把额头烫掉一层皮。在发根停留数秒后，松开火钳，卷卷的刘海就出来了，再用梳子轻轻梳出蓬松的造型，镜子里的人，马上就平添了几丝妩媚。

春节将至，卷刘海的时刻到了。家里的年轻女性们，凑在蜂窝煤炉边，炉子上烧着火钳。女人们有的耐心守着火钳，不时拿出来用白纸试着温度。然后，配合默契地轮流给彼此卷刘海。这种时刻，我一般早早就围在炉子边等待，殷切地注视着忙碌的姑姑和姐姐们，等她们都烫完了，对着镜子美够了，就会“开恩”给我烫。

还记得我每次烫完刘海从屋子里出来，隔壁的老皮媳妇就会大惊小怪地叫：哟嘿！小方妮也烫头了？这时候的我，会倨傲地走过她身边。寒风拂过额头，蓬松的刘海蹭着皮肤，我觉得自己已经脱胎换骨，变成电影、小人书里拥有曼妙波浪卷发的“女特务”和“资产阶级小姐”了。

染指甲

□

□

家属院里每家都有自己的小院，大家喜欢在院子里种上一些植物，爱吃的种扁豆、黄瓜，爱美的种夹竹桃、大丽花；有的家还搭个棚架，葡萄啊，丝瓜啊，爬满了院子，一到夏天很是荫凉。也就是在这样的环境中，我认识了桃红，学名叫凤仙花———一种可以将指甲盖儿染红的花。第一次看到桃红染好的指甲，我兴奋得倒吸一口凉气。解掉包裹后，无色的指甲变成了橘色，像魔术一样神奇。我脑海里立刻浮现出自己十个手指甲都染红的样子！

桃红属观赏性花卉，没有实际用处，家属院里只有少数几家种有桃红，而掌握用桃红染指甲技术的女孩子更是少之又少。所以家属院的女孩子们染指甲是必须排队的，如果轮到你的时候花期已过，那你只能等来年了。在这种竞争激烈的情况下，我自告奋勇，把我家小院贡献出来，作为大家染指甲的场所，而我家小院里种着一架扁豆，扁豆叶正是染指甲的必备工具。就这样，我以压倒性优势，争取到第一轮美甲的资格。

染指甲的第一步，把盛开的桃红花的花瓣采摘下来，放在一个石臼里，加入比例适量的白矾，一起捣烂成泥，然后用一个冰糕棍挖一点桃红花泥，均匀摊放在指甲盖上，接着用一张扁豆叶把指甲盖轻轻包起来，拿白线系牢。包好后的十个指头，就像十个迷你小粽子。这样过一夜，第二天解开白线，洗掉花泥，指甲就变成了淡淡的橘红色；如果希望指甲变成艳丽的大红色，那就需要多染几次。

从我第一次看到染指甲那天，我就希望自己的指甲染成艳丽的大红色。染完第一遍，我再次邀请大家在我家院子里染指甲。但是第二次美甲活动刚开始，就被提前下班的爸爸发现，粗暴地把我们轰了出去。被迫带着工具转移到别人家院子里后，大家都对我颇有微词，我想再染第二次的愿望自然落空了，只能等到来年桃红花再开的时候。

后来，桃红越来越少，会染指甲的小伙伴也陆续从家属院搬走，我一直也没有机会把指甲染成艳丽的大红色，这成了我儿时一个永远的缺憾。

包好后的十个指头，就像十个迷你小粽子

情到深处

□

□

三年级的那年冬天，有一天，我做完值日天已擦黑，黄昏将尽。为了赶快回家，我抄了一条平时不常走的近路，这条路穿过一个大厂的宿舍区。我穿行在宿舍区灰色的筒子楼群中，正值晚饭时间，若有若无的饭菜香味飘散在空气里。灰色的筒子楼前没有了孩子们的喧闹，家家关门闭户，只从窗户漏出点点灯光洒在路上，将宿舍区的小路衬托得更加寂静。

走着走着，我突然听到一缕纤细的琴声飘过来。琴声很微弱，时断时续。但我却觉得旋律很清晰，因为它既不同于《东方红》和《国际歌》的激昂，也不同于样板戏的高亢。这旋律如丝如缕，带着我所不熟悉的婉转，如一把温柔的利刃，划开我内心懵懂的硬壳，一股陌生的浪漫如泉涌出，四面奔流。

我不由得顺着声音慢慢寻过去。最后，我停在宿舍区角落一个灰色筒子楼的楼下，音乐就是从三楼的一个窗户飘下来的。我听出这旋律是由一把乐器演奏出来的，不是广播或收音机里播放的，但我并不知道那把乐器的名字。

我站定细听，那旋律细腻飘逸，带给年少的我无法形容的感动，我听得痴了。

这时候，一颗凉凉雪花落在我的鼻尖上，下雪了。我一抬头，正发现一束昏黄的灯光从三楼那个窗口轻泻下来，投射在我的脚下。原来，演奏者发现了倾听的我，他悄悄打开了窗户，只是为了让我听得更清楚。飞雪落在我的鼻尖上，也飘进他敞开的窗户里，演奏者和聆听者一个窗外一个窗内，默契地陶醉在漫天白雪中。

也不知听了多久，天已经全黑，路灯亮起，我这才惊觉。发梢和肩头已落满了雪花，我拔脚就走，急匆匆向家赶去。

后来，我有几次路过那个宿舍区，却再也没有听到那种琴声，那扇窗户也再没有打开过。我一直都不知道那首曲子的名字，成年后一个偶然的机会，我得知那是一首小提琴曲，曲子的名字叫《毛主席的光辉把炉台照亮》。

飞雪落在我的鼻尖上，也飘进他敞开的窗户里，演奏者和聆听者一个窗外一个窗内，默契地陶醉在漫天白雪中

逗比年年有

逗比是不可或缺的，
他来源于甜苦参半的日子，
出现在忽喜忽悲的瞬间。

倒霉的流氓

□

□

妈妈医院原来的职工澡堂，又小又旧，年久失修。这个澡堂子平时洗澡的人不多，都是一些倒班的护士和医生。后来旧澡堂彻底翻修，建成了一个宽敞漂亮的大澡堂。翻修澡堂，是因为一起流氓事件。

有一年夏天，一个夜晚，女澡堂里笑语喧哗，几个下晚班的女人正在洗澡。这时候，澡堂子的房顶爬上来一个不速之客，这是一个偷窥的流氓。他趁着夜色的掩护，悄悄爬上了澡堂的房顶。

澡堂淋浴室很小，通风不好，在房顶有一个天窗，夏天的时候，澡堂里空气闷热，这个天窗经常打开来通通风，流氓正是想通过这个天窗一饱眼福。他爬上房顶的时候，天窗半开，澡堂里雾气腾腾，他不得不把半个身子探进天窗，才能让自己的眼睛看清楚下面的身体。

就在他用手撑着窗框探头寻找最佳观赏位置的时候，被水蒸气熏得已经糟朽的天窗框，突然断了！

随着窗框断裂，相连的泥土和瓦片也纷纷塌方。下面正在洗澡的女职工，突然发觉"天上"下起了土石雨，紧接着，一个衣着不整的大老爷们从天而降，"扑通"一声摔在泡澡的大池子里！

这下澡堂子可炸了窝！大池子里正在泡澡的女同志们，以青蛙弹跳的姿势冲上了岸，尖叫着就往门外跑。跑到门口发现自己没穿衣服，又尖叫着往回跑。

这时候，全医院最泼辣的护士长也在澡堂里，她迅速从最初的惊恐中醒悟过来，顺手抄起一个洗脸盆，一盆就把刚爬出池子的流氓砸了个"满脸花"，紧接着又是一脚，把流氓又踹回了大池子！

活该流氓倒霉，那天洗澡的都是医院结了婚的女同志，又都是见惯男人身体的医生和护士们，所以在最初的混乱过去后，大家看清了形势，越战越勇。最后，流氓被用裤腰带捆了个结结实实，送交医院保卫科。

经此一役，医院澡堂子彻底翻修，翻修后的澡堂，最大的变化是没有了天窗。

在最初的混乱过去后，大家看清了形势，越战越勇。最后，流氓被用裤腰带捆了个结结实实，送交医院保卫科

打鸡血治百病

□

□

大约是七十年代初，不知从什么地方开始，全国兴起了打鸡血的热潮。将鸡血打进人的身体，现在说起来匪夷所思，但在四十年前，确实是风靡全国的全民保健运动。

这一下，全国的小公鸡可遭了殃。打鸡血必须用“青少年”公鸡，抽取其腋下血管里的鲜血，趁热打到人的屁股上，这才能有效。据说打过鸡血的人面色红润、中气十足、精神好、身体壮。是否真是这样的疗效？我无从考证。但从那时候起就诞生了一个俗语：打鸡血。这个俗语一直流传至今，专门用来形容那些亢奋不安、上蹿下跳、跃跃欲试的状态，据说这状态就是打完鸡血后的样子。

我没见过打完鸡血的人是什么样子，奶奶家院子里因为有爸爸、妈妈这两位大医院的医生，也没有人打鸡血。倒是爸爸一个老同学，在区医院工作，他每次来我家，都眉飞色舞地报告他们医院打鸡血的最新动态。

去他们医院打鸡血的人特别多，作为门诊的负责人，他从科里专门分派一个护士负责打鸡血，打一个一毛钱。他们医院每天来打鸡血的人都排长队，每人怀抱一只小公鸡，虔诚而期待地等候在医院外面。有时候，这支由人和鸡组成的队伍能排满一条街，鸡飞人叫煞是壮观。为此，他们科室每天都能多十来块的收入，这在当时可是一笔不小的外快，所以他坚定地认为：打鸡血治百病！他和爸爸说这些的时候，口沫横飞、面色潮红，那样子真像打了鸡血一样。

后来，他的父亲得了中风，他亲自给父亲打鸡血治疗。打了半年后，他父亲二次中风，去世了。办完丧事后，有一天他神色憔悴地来到我家，跟爸爸伤感地叹息说：“经济条件不允许啊！还是鸡血打少了。”

他们医院每天来打鸡血的人都排长队，每人怀抱一只小公鸡，虔诚而期待地等候在医院外面

甩手疗法

□

□

在全国流行打鸡血的时候，还同时流行起了甩手疗法。

相比打鸡血来说，甩手疗法靠谱多了，也安全多了，所以普及程度也高多了。奶奶家胡同里，热衷甩手疗法的人占胡同总人口的百分之二三十，每个院子都有甩手的人。热衷甩手的以中老年人为主。从保健目的、活动形式、参与人群来看，甩手疗法非常类似于今天的广场舞。所不同的就是，广场舞以音乐配合、肢体动作花哨多样，而甩手疗法相对简单，没有音乐，下肢不动，单靠双手的摆动进行锻炼。

甩手疗法的要求是每天晚上临睡前，站在空气清新的安静地带，然后微闭双眼，前后用力甩动双手。通常是一群人结伴，找个空旷无人的地方，等距离分散站好，然后各自开始甩手。但是也有例外，也有一个人不找伙伴的，独自站在黑暗的角落，无声地甩动双手，这还真有点吓人。

有一天晚上，我去隔壁院子听讲手抄本，回来得晚了点，院子的大门已经关上。我推开虚掩的大门，刚钻进院子，猛一抬头，就看见一个人影静静地站在院子的影壁前。借着微弱的月光可以看到，这黑影的身体还在微微晃动。我的头发"唰"的一下竖了起来，颤颤问了一声："谁？"但那个黑影一声不吭，还是微微晃动。一头冷汗顺着我的发根"滋滋"地冒了出来，我当时就想：手抄本里的敌特分子出现在现实里了！

我爹着胆子走近几步，定睛一看，原来是院子里的李老太！这是院子里的积极分子，根正苗红的工人阶级，跟敌特分子完全不沾边。

唉！我抹了一把额头上的冷汗，小松了一口气，轻轻地叫了一声："李奶奶。"

但是李老太一言不发，微闭双眼，表情呆滞，只有双手不停地甩动，这样子和她平常的张牙舞爪判若两人，让我深感诡异。我按住"扑通"乱跳的心脏，快步跑回了家。

从那以后，我走夜路格外小心，生怕再碰到这种黑暗中的甩手人。

李老太一言不发，微闭双眼，表情呆滞，只有双手不停地甩动，这样子和她平常的张牙舞爪判若两人，让我深感诡异

看游街

□

□

在我小时候，看游街是孩子们喜闻乐见的一项“娱乐”活动。所谓游街，就是把已经抓获、定罪的罪犯，押在卡车上，在城市的主要街道游行，让群众观看。游行后，押到万人大会场宣判，宣判完毕，按照罪行，枪毙的枪毙，服刑的服刑。

每次游街前，各街道居委会早已接到通知，大妈们会挨家通知。所以，游街那天万人空巷，群众们早早等候在游街路线两旁的街道上。游街都在早晨很早开始，在金色的晨光中，游街的车队缓缓驶来，犯人被分别押在好几辆解放牌军用大卡车里。游街车队的头一辆车安装有高音大喇叭，车身上环绕着红色标语。大喇叭里响着慷慨激昂的声音，依次宣读本次游街的罪犯名字和所犯罪行。

游街的犯人按罪行轻重分布在几辆卡车上，罪行越重的罪犯所在车辆越靠前，也是大家观看的重点。那时候犯罪率极低，如果哪次游街有杀人、强奸的罪犯，在没有游街之前，他的故事已经广为流传。看游街的时候，大家最大的乐趣就是对号入座，亲眼见证传说已久的恶人被五花大绑，且低眉顺眼、任人评说。判刑是对罪犯的肉体惩罚，而游街是压垮罪犯精神的最后一根稻草。这些游街的罪犯，无论罪行轻重，都神情萎靡、面色灰白。被判了死刑、头上插着“亡命旗”的罪犯，更是已经站立不稳，被两边的战士架着胳膊歪在那儿。这种景象让观看的群众很有安全感。

不过凡事都有例外。有一次，我在观看游街时，碰到了一个斗殴伤人致死的死刑犯，他那辆车是大家观看的重点。卡车缓缓前行，很多人为看清楚他的长相都跟着车慢跑。我也跟着车跑，还学着大人的样子对他指指点点。一不留神，我被人群拥到最前面，一下子和车上的罪犯近在咫尺，我举着的手还没来得及缩回来，食指离他的脑袋只有不到两米远。这时候，一直低着头的他，突然翻起眼睛，恶狠狠地瞪了我一眼。这一眼瞪得我魂飞魄散，当时整个人就僵在了那里。卡车渐渐远去，我则慢慢退出人群，望着烟尘四起的车尾，心脏“扑通通”乱跳，余悸未消。

从那以后，我再看游街就不那么兴奋了，只是远远地眺望，决不敢往前乱挤了。

这时候，一直低着头的他，突然翻起眼睛，恶狠狠地瞪了我一眼。这一眼瞪得我魂飞魄散，当时整个人就僵在了那里

能人李爱国

□

□

我是一个理科非常差的孩子，我这个弱点表现在：所有和生物、物理、化学相关的生活常识，我都一窍不通，常常热烈地崇拜一些擅长此项的人。

在家属院里我有一个偶像，叫李爱国。李爱国当时上中学，他心灵手巧，曾经用一个旧线路板焊接出一个半导体收音机。而他最神奇的技能，是照相术。他把一个鞋盒子钻上孔，就能制作一个照相机。用砂纸将两块玻璃打磨成毛玻璃，在两块毛玻璃之间夹上胶片，然后把这夹了胶片的毛玻璃安放在鞋盒子里，再把鞋盒子用黑布包上，照相的时候，猛地掀开蒙在鞋盒子上的黑布，据说，人影就留在胶片上了。

暗房也是他土法上马自己制作的：把房间的窗户用被子堵上，再用一个红领巾捂在灯泡上系住，打开灯，屋子就变成了充满暗红色光晕的暗房。曝光的时候，他弟弟在门外拉着门把手，他在屋里暴喝一声：开！他弟弟就把门猛地拉开，阳光一下射进房间。几秒后，他又大喊：关！门迅速被关上。这一开一关之间，曝光就完成了。我有幸被鞋盒子拍过一张照片，照片洗出来后，还真有一个我在上面。虽然我的脸只有绿豆那么大，而且一片模糊，但这神奇的技术，还是令我叹为观止。

学校讲沼气知识的时候，李爱国告诉我们收集沼气的方法。他让大家每人拿一个瓶子去厕所，蹲在茅坑边收集沼气。我听话地拿个小瓶子跑到茅厕，耐心地蹲在茅坑边上，等待沼气灌满我的小瓶子。结果沼气还没灌满我的瓶子，我已经被熏得头晕眼花、涕泪横流了。事实告诉我，任何科学探索都要付出代价。

学校开展支农活动时，李爱国为了探索"高温堆肥"的原理，每天像猫一样把大便拉在一个木盒子里，存够了一定量以后，加上沙土搅拌均匀，然后垒成一个梯形立方体，放在院子里暴晒。结果，实验还没成功，他就被他妈妈拿着扫帚疙瘩一顿猛抽，屁股都抽肿了。原来，他把梯形粪堆放在他妈妈晒萝卜干儿的笸箩旁边，大苍蝇们叮完粪堆，就在萝卜干儿上下蛆，精心腌制的萝卜干儿长满了大蛆，全部被扔掉了。

我有幸被鞋盒子拍过一张照片，照片洗出来后，还真有一个我在上面。虽然我的脸只有绿豆那么大，而且一片模糊，但这神奇的技术，还是令我叹为观止

头如鸡，割复鸣

家属院的房子是一排排的平房，房前屋后有不小的空地，大家就用矮墙或篱笆圈出一个属于自己的小院子。妈妈还因地制宜，在院子里搭了一个大鸡笼子。人有多大胆，地有多大产。作为医生的妈妈，硬是用棉被、纸箱和大灯泡，孵化出了一窝又一窝茁壮的小鸡。鸡肉和鸡蛋，使我家的伙食水平在家属院饮食排行榜上居高不下。

为了最大限度节省饲料，每一窝鸡里面，只留一只公鸡作为种鸡，其他的公鸡年纪轻轻就为餐桌做贡献了。我家的老种鸡是一只芦花大公鸡，但它恃宠而骄，见鸡斗鸡，见人啄人，日渐跋扈，妈妈决定杀掉它，另外扶植一只新种鸡。

杀鸡、宰鱼这类活计都是由家中男丁承担，但是我父亲从来不会杀鸡，我家这类活计总是请邻居帮忙。而那段时间邻居叔叔出差不在家，手刃芦花鸡的工作不幸就落到了爸爸头上。杀鸡那天，在全家的共同努力下，把芦花鸡捉住、按在了地上。接着，爸爸提刀上场，他一手扳住鸡脖子，学着别人杀鸡的方法，用刀在芦花鸡的脖子上一抹，希望芦花鸡血尽而亡。但是没想到这只被抹了喉咙的鸡，反而在他手里拼死扑腾，把脖子里的血甩了爸爸一身一脸。爸爸顿时乱了方寸，把鸡头按在地上，“咔嚓” 一刀剁了下来！然后，像扔炸弹一样扔掉了手里的鸡。

这只没脑袋的芦花鸡，没有像大家预计的那样躺下、死去，它竟然晃晃悠悠地站了起来，扑棱了几下翅膀，踱了几步，突然 “扑啦啦” 飞到鸡窝上面。我们全家和所有赶来看热闹的小伙伴，都惊恐地 “啊” 了一声，不由自主地后退，跟它保持距离。这只令人毛骨悚然的无头公鸡，从容地在鸡窝上踱了几步，突然身子一歪，“扑通” 一声，倒在了鸡窝顶上。它死后两分钟内，爸爸都没敢去把它拿下来。

后来我学习中国历史，得知东汉末年黄巾军的起义口号是：头如鸡，割复鸣。我一下子想起我家芦花鸡大闹法场的样子，醍醐灌顶，我明白了鸡的生命力之顽强，是有史可考的。

这只没脑袋的芦花鸡，没有像大家预计的那样躺下、死去，它竟然晃晃悠悠地站了起来，扑棱了几下翅膀，踱了几步，突然“扑啦啦”飞到鸡窝上面

钓鱼

□

□

我和姐姐小时候，爸爸有一段时间赋闲在家，他偶尔会带我们去黄河边钓鱼。出去钓鱼首先是散散心，其次，钓几条小鱼也可以给全家人打个牙祭。

我们住在开封市中心，从我家骑车到黄河边需要两个小时左右。每次钓上来的鱼就装在竹篓子里带回家。炎热的夏季，鱼离开水两个小时就死了、臭了。作为医生的爸爸想了一个巧妙的办法，他把卫生棉球浸满酒精，放进钓上来的鱼的嘴里，这样一来，鱼就被麻醉了。两小时的路程里，鱼都是处于昏睡状态。回家后，把鱼嘴里的酒精棉球掏出来，再把鱼放到水盆里，嗬，个个活！

那时候，钓鱼被认同为投机倒把，是不被允许的。我们每次钓鱼其实都是虎口拔牙，带有一点冒险性质。所以我们每次到了目的地，都是先在路边下车，把自行车放倒在草丛里隐藏起来。然后查看四周，确定没有人注意，就找个树荫比较密的地方，悄悄把钩下了。

有一次，爸爸带着我们正钓得来劲，突然听到远处一声吆喝："谁在那儿钓鱼呢?！"

我和姐姐还从没遇到过这种情况，顿时吓傻了，呆呆地立在岸边。吆喝的人是负责巡视河岸的公社社员，他说话间就到了我们跟前。拨开草丛，他看到我们姐妹俩，问："就你们俩？大人呢？"

他这一问才提醒了我们俩：是啊，爸爸呢？我们俩纳闷地四周看，却找不到爸爸的身影。那人见我和姐姐傻乎乎地说不出所以然，周围也没发现渔竿等作案工具，就教训了我们几句，转身走了。

他刚走，爸爸就从我身边的树丛里冒了出来。他手里提着鱼，满脸得意和侥幸，笑眯眯地拍着姐姐的头说："干得不错！"

回家的路上，姐姐问："爸爸，你刚才怎么逃跑了呀？"爸爸严肃地说："那不是逃跑，那叫战略转移。你长大了就知道了。"

他刚走，爸爸就从我身边的树丛里冒了出来。他手里提着鱼，满脸得意和侥幸，笑眯眯地拍着姐姐的头说："干得不错！"

串联夫妻

□

□

我们家属院前院的办公楼里，住着一对小两口，男的叫小张，女的叫小李，都是后勤科的干部。因为单位解决不了住房问题，他们婚后一直住在办公楼的宿舍里。小张和小李的脾气都很火爆，经常因为一点小事儿就吵起来，甚至动手。夜晚的办公楼一片漆黑，只有他们家一方窗户灯火通明，夫妻两人拳打脚踢的影子跃然窗帘上，简直就像武打片一样惊险。

夏天的晚上，住在家属院的人们会在前院操场乘凉。坐在操场上，正好能看到小张和小李的那一方窗户。刚开始，只要一上演“武打片”，在楼下乘凉的人们会立刻跑上楼去劝架。后来次数多了，大家发现他们夫妻的战争往持久化发展，也不再费劲儿跑楼上去劝架了。最后，办公楼的这一方窗户，成了一个即兴“演播厅”，专供夜晚乘凉的人们观看、讨论。

小张和小李虽然以不睦闻名全院，但他们的结合却是非常浪漫的。当年，小李是红卫兵，大串联到了北京，接受毛主席的接见。而小张当时是驻守天安门的战士，他和战友们手挽成人墙，阻挡着潮水般汹涌的红卫兵小将们。因为串联条件的艰苦以及即将见到毛主席的激动，小李到达天安门的时候，已经好几天没正经吃过饭了。但是，她以惊人的力气爬到了驻守天安门的解放军战士的肩膀上。在她混乱的意识里，把这肩膀当成了金水桥的栏杆。

当毛主席的身影出现在天安门城楼上时，亢奋的小李哭着大叫一声“毛主席！”就一个倒栽葱从解放军战士的肩膀上摔了下来。一直被她踩着肩膀的解放军战士，立刻托住了她，把因激动而晕过去的她扛起来，送到就近的医疗点。这个解放军战士就是小张。

后来，他们恋爱了。有了这个神圣而浪漫的开始，他们的爱情顺理成章，发展神速。小张复员回到河南，小李也调到河南，两人又想办法调进同一个单位。但是婚后不久，他们就发现两个人的生活习惯、脾气秉性都有很大的不同，又加上两个人都是说一不二的火爆脾气，所以上演“武打片”就自然而然了。

到我上高中的时候，这对“串联夫妻”终于以离婚收场。

当毛主席的身影出现在天安门城楼上时，亢奋的小李哭着大叫一声“毛主席！”就一个倒栽葱从解放军战士的肩膀上摔了下来

野蛮生长

没有闯过祸，
没有挨过揍，
你怎么好意思说自己野蛮生长？

司令大军

□

□

搬到家属院以后，我家有了自己的房子，我也进入了一片新天地。

家属院完全不同于奶奶家的小胡同，这里不但孩子众多，而且孩子们还按年龄、性别和才干，分成了不同的等级和群体。如果说奶奶家小胡同里的孩子是“散兵游勇”的话，那么家属院的孩子俨然就是成建制的“正规军”了。

家属院的孩子按性别分成两大群体，两个群体各有一个“司令”。男“司令”名字叫大军。大军兄弟三个，他是老二。大军爸爸是院里的电工，脾气暴躁，对兄弟三个的管理都是粗放式——皮带加大棒，所以造就了三个男孩顽皮、暴烈的个性。

相传，大军刚搬到家属区的时候，当时家属区男孩子们有一个司令：小凯。小凯比大军大两岁，在大军来后不久，他和大军爆发了激烈的冲突。

有一天，小凯带领手下的喽啰围堵到大军家门前，扔石子、叫骂。大军在屋里一直不出来，小凯以为他认尿了，越发叫骂得起劲。岂不知这时候屋里的大军已经起了杀心，他突然从门背后拎出一条红缨枪。那是一条真正的红缨枪，枪头是钢质的，还开了刃。

大军端枪就蹿出了屋子，二话不说，挺枪直取小凯。小凯吓得往后一躲，那一枪刺在小凯的肚子上，小凯当时穿一件旧军装，枪头正刺在第三颗纽扣上，厚实的军用纽扣当场裂成四瓣。如果没有这个纽扣挡着，枪头就会直插小凯的肚皮。

小凯根本没料到大军竟是这么不要命的二货，顿时吓得脸色煞白，捂着肚子落荒而逃。

这关键的一枪，奠定了大军的领导地位。从此以后，小凯俯首称臣，大军成了家属院孩子的司令。直到他十八岁参军离开大院，始终没有人觊觎过他的司令宝座。

岂不知这时候屋里的大军已经起了杀心，他突然从门背后拎出一条红缨枪。那是一条真正的红缨枪，枪头是钢质的，还开了刃

防空洞探险记

□

□

我们家属区后面，有一个荒僻的小山丘，山丘上遍布碎石和杂草，毫无人烟。

有一天，我们在山丘下面发现了一个被杂草和土石掩盖的洞口，经过确认得知，这就是传说中的防空洞！

还没有修建家属区的时候，单位曾组织“右派”分子在这一带挖防空洞。当时，有一个“右派”因劳累过度，死在了洞里。后来，这个防空洞就被封死、废弃了。这里划为单位的家属区后，这个防空洞似乎也被遗忘了。

自从搬到这个院子，我们都听说过这个带有神秘色彩的防空洞。只不过，防空洞的地点大人们讳莫如深，我们也无法探明位置。现在，无意中找到了防空洞的洞口，我们都像打了鸡血一样兴奋。大军立刻布置了任务：男孩清除洞口的碎石和杂草，另派几个女孩回家拿手电、铁锹等工具。

工具拿来后，洞口也清理干净了，一个锈迹斑斑的铁栅栏露了出来，栅栏门里面是黑黢黢的空间，里面吹来一股带着霉味的冷风。

几个男孩没费什么劲，就撬开了铁栅栏上锈迹斑斑的大锁。

进洞时，以大军为首，其他男孩和几个胆子大的女孩依次排列，形成一列纵队，迂回进洞。

防空洞里伸手不见五指，很空旷，说话都有回音，脚下还有很多积水。我们唯一的照明工具，就是那个手电筒，整个队伍只有手电筒照出的一小片光亮。越走越深，越深越冷，也不知道前面还有多长。渐渐地，没人说话了，队伍出现了令人胆寒的寂静。我在队尾，感觉心都快跳出嗓子眼了。

这时，不知道谁喊了一句：“右派来了！”

哇！队伍顿时炸了营，大家撕下了强做镇定的假面具，鬼哭狼嚎地往洞口跑去。八斤儿不幸绊倒在地，被众人踩得鼻青脸肿才爬出去。

傍晚，八斤儿妈领着满脸涂着紫药水的八斤儿，找到了始作俑者大军家。他们从大军家出来后，大军家就传出大军爸的怒吼和大军的惨叫，还有皮带击肉的脆响。

哇！队伍顿时炸了营，大家撕下了强做镇定的假面具，鬼哭狼嚎地往洞口跑去

拉练

□

□

七十年代的学校，都实行准军事化管理，会设立一些效仿军队的锻炼科目，野营拉练就是其中一项。我上小学时，学校已经不再组织学生进行野营拉练了，我所经历过的唯一一次野营拉练，是家属院的孩子们自发组织的，纯属民间活动。

那是个星期天，天刚亮我们就出发了，煞有介事地背着水壶，腰扎皮带。为了不让大人发现，没有带背包和干粮。我们顺着马路往城外走，出城墙又走了半个多小时，发现了一片红薯地。看到红薯地，大家顿时感觉饥肠辘辘。大军观察了一下地形，命令几个男孩子到红薯地里刨红薯，命令女孩子们去拣干树枝，准备用树枝烧的草木灰把红薯焖熟了来吃。

接着，他命令小凯爬到树上，进行瞭望，一旦发现“敌情”马上报告。小凯领命而去，爬到了几十米开外的一棵树上做瞭望哨。小凯在树上待了一会，突然有了便意，于是他解开裤子，蹲在树杈上开始拉屎。正拉到酣畅处，就听树下一声暴喝：“哪个龟孙在树上？给我滚下来！”

小凯惊恐地往树下一看，原来是一个老汉路过树下，小凯的排泄物穿过树枝，洋洋洒洒地落了老汉一身。小凯吓得屁滚尿流滚下树来，在老汉的严厉逼问下，他供出了我们在红薯地烤红薯的事实。老汉怒吼一声，像拎小鸡儿一样提溜起小凯，向红薯地呼啸而来。

正在烤红薯的大军，听到动静不对，大喊一声：“不好，快隐蔽！”

我们丢下正烤的红薯，迅速散入周围的树丛中。老汉来到红薯地，看到地上被咬一口就扔掉的红薯、被扯得乱七八糟的红薯秧子，气得浑身哆嗦。小凯趁机一把挣脱了老汉的手掌，“哧溜”一下钻进了树丛。躲在树后的我们看到小凯脱身，全都大松了一口气，“呼啦”一下跳起来就跑。老汉跳着脚、叫骂着追赶，他哪里跑得过我们？渐渐把老汉远远甩在后面，小凯回头向老汉怪叫：“老头儿，给我冲，抓住共军赏你两块大洋！”

经此一仗，大家士气高昂，队伍掉头往家走。一路上排着队齐声高唱《打靶归来》，引得路人纷纷夸赞：“瞧人家这些孩子，多有规矩！”

小凯回头向老汉怪叫："老头儿，给我冲，抓住共军赏你两块大洋！"

转到后院的山丘下，看了看四周，确定无人注意我，就在地上挖了个坑，把小铜象埋了进去

铜象疑云

在七八十年代，中国经常派医疗队去非洲，我们家属院也有医生被派去。

被派去非洲的周医生，援助坦桑尼亚两年。他回国时候带回了一些当地的工艺品，其中有一个铜制的非洲象，有巴掌大小，非常精致。

我们小时候没有工艺品的概念，桌子上除了暖瓶、茶缸之外，顶多有个墨水瓶、日历什么的，如果有摆设，那就是领袖雕像，其他东西一概没有。所以对于这个铜质小象，孩子们充满了好奇和稀罕，无论谁去周医生家玩，都要争着摸一把。

我也很喜欢这个小铜象。有一天，我去周医生家玩，屋里静悄悄地没人，我溜达到里屋，一眼就看到桌子上放着的小铜象。当时里屋没别人，我一念之差，就把小铜象揣在衣服里偷了出来。我怀揣铜象走到院子里，心狂跳不已，像揣了一块火炭，浑身不自在。我不敢回家，怕被家人发现。转到后院的山丘下，看了看四周，确定无人注意我，就在地上挖了个坑，把小铜象埋了进去。埋好后，我学着电影里情报员藏情报的办法，在埋铜象的土堆上插了一根小树枝做记号。

过了几天，我终于忍不住，把这个秘密告诉了弟弟。我带弟弟来到我埋藏宝物的地方，找到那个小树枝，然后就开始挖。但是挖了半天，没看见小铜象，却在埋铜象的坑里发现了半块砖头。我看着这个砖头百思不得其解，甚至产生了错觉：我到底有没有在这里埋过铜象？

铜象被我偷来，又被别人偷走，这件事既不光彩又非常离奇，我只能在心里暗自苦苦琢磨，表面上还要装得若无其事。

过了几年，家属院的小凯家搬家，全院都去帮忙。我在小凯提的一篮子杂物中，赫然发现了被手绢包裹的小铜象。小凯若无其事地把篮子甩到装家具的三轮车上，三轮车载着小铜象，在我震惊的目光中，绝尘而去。

露天电影

□

□

搬到家属院后，我享受到在小胡同里没有的一项福利：露天电影。

爸爸的单位是大机关，有自己的放映员，所以经常在院子里放露天电影。虽然放的都是《地道战》《地雷战》这些老掉牙的旧片子，但每次放电影时人们仍然趋之若鹜。业余生活极度单调的那个时代，看露天电影本身就是一个吸引人的大型聚会。每次放露天电影都像一个节日，孩子们呼朋引伴，早早占座；大人们一边呵斥着孩子，一边嗑着瓜子、扯着闲话。青年男女保持着距离，坐在各自的位置上，眼睛却四处乱瞄。放映什么不重要，关键是这种氛围，如果再有一场值得期待的电影，那就是锦上添花的事了。

有一个周末，院里要放《英雄儿女》。电影放映那天，来了很多人，场面有点混乱。幸好前三排已经被以大军为首的男孩子用板凳“霸”住，本院职工保住了最佳观看位置。在挤挤挨挨、吵吵闹闹中，电影终于开演了。前半部分放映时基本平静，当银幕上的王成举起手里的步话机怒吼“为了胜利，向我开炮！”时，前排一个姑娘也爆发出一声怒吼：“臭流氓！”观众的目光顿时从王成“唰”地转向了那姑娘，显然“臭流氓”比王成吸引人多了。

喊“臭流氓”的姑娘是大军他哥的女朋友，她和大军的哥哥坐在第三排看电影，突然被人从后面拧了屁股。她捂着屁股站在银幕前高声叫骂，把银幕挡黑了一大块。这时候，大军他哥一声怒骂，显然是发现了“流氓”。但是“流氓”们毫不畏惧，嚣张对骂，从容应战。

于是，一场肉搏战拉开了大幕，操场上板凳乱飞、拳来腿往，吓得胆小的观众抱头鼠窜。这时银幕上的英雄已经牺牲，激昂的音乐配合深情的诗朗诵：烈火金刚，屹立人间，英雄的战斗，传遍三千里江山！银幕上的激情映衬着银幕下的肉搏，场面混乱而滑稽。

最后，院保卫科从派出所叫来了警察，肉搏战才平息。后来才知道，这些“流氓”其实是院外的一群年轻人，因为看电影占座儿的问题早对大军兄弟几个心怀不满，这次是故意寻衅来的。

她捂着屁股站在银幕前高声叫骂，把银幕挡黑了一大块

偷骑自行车

□

□

从我记事起，家里唯一的那辆永久牌二八加重自行车，就是家里最值钱的物件，爸爸视如珍宝。

上小学后，我到了学骑自行车的年龄。那时候每个半大孩子的人生必修技能，就是学骑自行车。但我家唯一的永久牌自行车监管很严，幸好，北京的小舅舅有一辆破旧的二八自行车，每年夏天我们到北京过暑假，小舅舅就带领着我们几个表兄妹在四通八达的胡同里练骑车。我们姐弟三人都是在北京的胡同里，练就的一身过硬的自行车驾驶技术。

那时候的自行车大部分是横梁二八车，孩子个子矮，都不能上梁骑，只能偏着腿儿掏裆骑，很影响速度。所以，我最大的心愿就是能骑上一辆斜梁二六女车。但是那时候对自行车的要求是承重和快捷，一辆自行车必须满足平时代步，购物时驮重物，串亲戚时前座带孩子、后座带大人等等需要，而斜梁二六女车满足这些需要有点吃力，所以这种华而不实的车型比较少见。

刚学会骑车的那年，我技痒难耐。一天下午，我在前院办公楼前看到一辆漂亮的斜梁二六女车，那车子被擦得乌黑锃亮，稳稳地支在办公楼前面。我凑过去一看，呵呵，凤凰牌女车！而且，车竟然没上锁，车钥匙插在锁孔里，钥匙坠是个玻璃丝编制的小金鱼，向我一晃一晃眨着眼睛。我几乎没有思索，抓住车把，顺脚踢开那根小巧的支架，滑了几步就从前面轻松套腿骑上了。噢，屁股刚好可以坐在车座上，还能蹬到脚蹬！没有了横梁的桎梏，不用歪着身子掏裆骑，感觉太好了。

办公楼前面就是宽阔的水泥甬道，平滑光洁，我骑得潇洒自如。

正骑到酣处，就看到一个漂亮女人从办公楼里出来，她一边笑眯眯地跟送行的人道别，一边低头寻找自己的自行车。车没找到，她一抬眼看到了我，笑容凝固在她的脸上，她指着我尖叫起来。爸爸闻声跑出办公楼，从我手里夺过车把，交给那个女人。然后爸爸回转身，当着众人的面给我头上来了两个“栗暴”。我捂着被敲得生疼的脑袋，灰溜溜地回家做暑假作业去了。

噢，屁股刚好可以坐在车座上，还能蹬到脚蹬！没有了横梁的桎梏，不用歪着身子掏裆骑，感觉太好了

万籁俱寂的校园，一轮明月高挂天幕，惨淡的月光映照着巨大的黑白遗像，守灵的少男少女毕竟是孩子，这种气氛难免让人心生惧意

为毛主席守灵

毛主席逝世后，我们城市的机关单位和学校都设了灵堂，有组织地进行守灵活动。

姐姐当时上初中，她们学校也设了灵堂，专门安排学生和老师日夜值班，为毛主席守灵。

姐姐学校的灵堂设在大操场的主席台上，那主席台就是一个十米见方的土台子，平时文艺节目演出、校长讲话都在这里。台子上有一个大影壁墙，也叫背景墙吧，墙上挂着毛主席的巨幅黑白遗像。遗像前，摆着学生自己用白花和松树枝扎制的花圈。每天，有两个学生一边一个在主席台两侧站岗，其他同学分成几组，男左女右坐在主席台两侧的地上，定时替换站岗的同学。

守灵值班分白天和夜晚，白天班归学生们轮流值班，晚上八点到早晨八点的夜班，由老师们值班。

白天班分为上午班和下午班，姐姐被分配到下午班那一组，晚上八点下班。

守灵刚开始那两天，同学们都被深切的悲痛和庄严的使命感填满心胸，认真站岗，不做他想。渐渐地，大家情绪受到客观环境的影响，起了微妙的变化。

当时正是初秋，一过六点天就黑下来了，万籁俱寂的校园，一轮明月高挂天幕，惨淡的月光映照着巨大的黑白遗像，守灵的少男少女毕竟是孩子，这种气氛难免让人心生惧意。于是，本来泾渭分明的少男少女们，开始有意无意地搭话壮胆，有异性在身边陪伴，对情窦初开的孩子们来说，就是最好的强心剂。

姐姐的微妙变化是奶奶最先察觉的，她发现姐姐每天守灵完毕，晚上回家时，都由同一个男孩子护送。而那个男孩子每次看到奶奶，都立刻仓皇消失。这引起了老人家的警觉，她问姐姐，是不是老师指定让他送的？姐姐答曰：否，乃自发结伴。明察秋毫的奶奶立刻下令：由爸爸去学校接姐姐回家，不许再让这个鬼头鬼脑的男孩子送姐姐回家。

从此，那个男孩子再也没出现在我家。不久，守灵活动也结束了，姐姐这段懵懂的情愫，随着守灵开始而开始，还没延续到守灵结束，就提前结束了。

终于有一天，趁弟弟洗脚的时候，我把他脱下来的黄袜子藏了起来

冤案

七岁以前，弟弟一直住在北京姥姥家，该上小学时才回到父母身边跟我们团聚。

弟弟刚回来的时候，操着一口浓重的京腔，说话嗲声嗲气。他穿着镶花边的条绒裤子，身上是做工精致的双排扣卡其外套，外衣的口袋里，永远有一块叠得整整齐齐的小手绢。他带着令我陌生的“洋味”，完全是个地道的“北京人儿”，让我充满了好奇和嫉妒。

弟弟的所有用品都跟我不一样，都是从北京带回来的。他的衣服不但没有一件打补丁的，而且面料和款式都是我没见过的，贵重而时髦。而我那时候还经常穿屁股后面有补丁的裤子、手肘部位打补丁的上衣。这些也就罢了，最让我眼红的，是弟弟有一双浅黄色的尼龙袜子。

那双袜子带弹性，袜腰上绣着彩色花纹，穿在脚上既贴脚又艳丽，非常漂亮。在此之前，我从没见过尼龙袜子。我穿的袜子都是棉质的，有时候还是拣姐姐剩下的，穿在脚上松松垮垮，跑动的时候袜子在脚上乱转，一场体育课下来，脚后跟能转到脚面上，在鞋帮子上冒出一大块。而这双尼龙袜子，穿上后就像长在脚上一样，像肉皮儿那么贴合，又像丝绸那么柔软。自从看到这双黄色尼龙袜子，我无法控制地起了“歹心”。

终于有一天，趁弟弟洗脚的时候，我把他脱下来的黄袜子藏了起来。妈妈找了半天没找到，把弟弟训了一顿。弟弟丢了袜子还挨了训，坐在板凳上“呜呜”直哭。

袜子偷过来后，我也不敢穿，每天惴惴不安，把袜子换了好几个地方藏着，心里有点后悔自己偷了个烫手的山芋。

终于，在星期天大扫除的时候，“赃物”在我的抽屉里被发现。弟弟当场被平反昭雪，我则被爸爸罚跪，跪在搓板儿上半小时之久。

臭美妞

我家的对门邻居家，有姐弟五个，老五是唯一的男孩，他上面有四个姐姐。因为孩子多，他们家生活比较拮据，很少做新衣服，每件衣服都要从老大穿到老四。这种穿衣服的法则在四十年前很常见，那时候的孩子都是这样，谁也不笑话谁。但是，对门邻居家的姐弟五人里，出了一个不安于现状的另类，那就是他家老二芝华。

芝华比我大两岁，从小心灵手巧，颇有裁剪的天赋。从上小学起，她就喜欢把衣服拆拆缝缝。姐姐传给她的旧衣服，她决不像我们一样逆来顺受地穿上，她会把每件衣服都按照自己的要求修改一遍。比如，把肥大的裤管改窄、把宽松的腰身改瘦等等。那些款式死板、松松垮垮的衣服，到了她手里，马上焕然一新。所以，芝华身上穿的衣服，看上去永远像是为她专门做的。

家里不让动剪刀，芝华就把姐姐淘汰给她的裤子，沿着裤缝位置，用针密密缝一遍，把肥的地方都叠进裤缝儿缝起来。裤子经她一改，穿上特别合体不说，裤缝位置还特别硬挺、顺溜。除了这些普通的修改，芝华还经常对衣服做些有创意的增减。那时候，我们经常去服装厂拣淘汰的边角布料玩，芝华从布料里挑出一些花纹鲜艳、材质轻薄的布条，折成花边，缝在自己白衬衣的袖口和领口上。这样一缝，千人一面的白衬衣就变成一件花哨别致的时装。除此之外，她还挑出一些花色近似的，连成宽荷叶边缝在裙子的下摆，水桶裙瞬间变成婀娜多姿的荷叶裙。

在那个提倡“艰苦朴素”的时代，芝华这种举动是不被赞许的，她的小创意和小心思，只能偷偷向小伙伴们展示。这些化腐朽为神奇的创意，经常引得小伙伴啧啧称赞。

芝华的妹妹不喜欢这些创意，为了抵抗姐姐修改后传给她的花哨衣服，她向妈妈告发了芝华。妈妈深感女儿的资产阶级思想很严重，于是勒令芝华把改过的衣服全部改回来，并且从此不许再碰针线。

芝华的事迹传开后，她在院子里得了个颇有贬义的外号：“臭美妞。”

她的小创意和小心思，只能偷偷向小伙伴们展示。这些化腐朽为神奇的创意，经常引得小伙伴啧啧称赞

傻二红

□

□

我们家属院有个闻名全市的“名人”，叫二红，但大家都叫她傻二红，因为她有点弱智。傻二红原来并不傻，她变成傻子是因为一件事。

二红刚学会写字的时候，她在学校的黑板上写下了一条反动标语，二红原本想写“秃三吃屎”“毛主席万岁”，但是把两句话的主语写颠倒了。那时候孩子要是恨谁，经常写吃屎、喝尿等狠话，尤其刚学会写字的孩子，更是喜欢到处留墨宝。但是，这个写错主语的墨宝，给二红惹来了滔天大祸。

二红父母都不在身边，她是跟着爷爷在院里长大的，而他的爷爷在“文革”一开始就被打成了“历史反革命”。二红写“反标”的时候，是反革命家属的身份。所以“反标”被发现的当晚，二红和爷爷就被派出所带走了。过了一段时间，二红和爷爷被放了出来，但二红受了严重惊吓，有点呆傻了。

后来，院里一有批斗会，二红爷孙俩就会被批斗，不是当陪斗，就是当主斗。我搬到家属院的时候，已经是七十年代后期，批斗会早已不开了，二红的事情也成过眼云烟，无人提起。但二红的智力和思维，永远停留在七岁那个档次，无法进入成人的世界了。她辍学后，靠收废品为生。二红虽然傻，但是账算得很清楚，因为她辍学前在班级里数学竞赛考过第一名，还有她虽然脏，但永远笑眯眯的脸，看着挺喜兴的。所以她走街串巷地收废品，不但生意兴隆，还在我们城里有了点小名气。

我刚搬到家属院时，人缘很差，但二红比我人缘还差，而且对我一心一意，我俩自然成了好朋友。我甚至跟二红一起拣过废品，我们俩最远跑到火车站附近去拣过，一路上不时碰到认识二红的人，他们大声叫着她的名字，拿她逗乐，我竟然还很自豪，也仰着脸跟着傻笑。

我和二红的友谊没维持多久，妈妈就在我头发里发现了虱子，院里只有二红身上有虱子，于是，妈妈严厉禁止我再和二红接触。我上初中时，二红嫁人了，嫁给了近郊一个农村老头，那以后，二红就从家属院和我们这个城市彻底消失了。

后来，院里一有批斗会，二红爷孙俩就会被批斗，不是当陪斗，就是当主斗

鞋面部分用白粉笔用力涂过，由于不是用白鞋粉是用白粉笔，所以涂得不匀，浅蓝色的鞋面能看到一条一条的粉笔印

白球鞋

在我的小学时代，白球鞋不但代表了时尚和漂亮，更是郑重场合的必备服饰。那时候，小学生在郑重场合的服装标配是：白衬衣，红领巾，蓝裤子和白球鞋。但是，因为经济情况限制，并不是每个孩子都有属于自己的一套服装标配。尤其是白球鞋，比较常见的是：得到一双姐姐哥哥穿剩下的，然后自己用白鞋粉厚厚地涂擦一遍。

粉碎“四人帮”那年，学校要上街进行庆祝游行，班主任要求我们届时都要穿白衬衣、蓝裤子、白球鞋。

我们班里有一个叫宋文卫的男孩，没有父亲，而且家里兄弟姐妹非常多，他平时穿得最邋遢，衣服和书包也都破破烂烂的。游行那天早晨，他上身穿了一件破旧的白衬衣，下面是他常穿的一条打补丁的蓝裤子，脚上穿了一双深蓝色的旧球鞋，球鞋的大脚趾那里还破了个洞。

班主任看到他这身装束，非常生气，勒令他回家去换了白球鞋再来。结果，直到我们游行的队伍出发，他也没回来。

游行是连续三天的，第二天早上，我们在操场上列队完毕，就看见宋文卫气喘吁吁地跑来。他身上还是昨天那身旧衣服，脚上的旧球鞋却跟昨天不同。鞋面部分用白粉笔用力涂过，由于不是用白鞋粉是用白粉笔，所以涂得不匀，浅蓝色的鞋面能看到一条一条的粉笔印。但是能看出来涂得很用心，连破洞里露出的脚趾头部分，也被粉笔涂白了，脚趾头一动，粉笔末就往下掉。

班主任一看到这双企图蒙混过关的“白球鞋”，火冒三丈，她用手指点着宋文卫的脑门，大声呵斥道：“滚回去！没有白球鞋就不要来了！”

宋文卫被她点得踉跄了几步，地上立刻留下了一串白粉组成的脚印。

游行事件之后不久，宋文卫就退学了。

一阵狂笑间，骑车的两个初中生呼啸而去

抢军帽

“中华儿女多奇志，不爱红装爱武装。”七十年代的中国，头戴一顶真正的军帽，那是无比时髦、无比荣耀的事情。军装，是每个男孩的一块心病。因此，抢军帽就演变成了青少年之间常见的游戏。

军帽太扎眼，普通规矩人是不敢随便戴着军帽上街的，容易惹是生非。在我的记忆里，四十年前戴军帽的只有三种人：第一种人是现役和退伍军人；第二种人是孔武有力、不怵打架的青壮年男子；第三种人，就是纯粹的小流氓或者小混混。我们城市曾经宣判过一个流氓犯罪团伙，他们的最主要罪行就是因抢军帽而打群架，用刀子捅死了两个人。

有一次，放学回家的路上，我亲眼看见两个初中男生，一个骑着自行车，一个坐在车后座上，他们骑行至一个头戴军帽的男孩子身边，一把抢走了那个男孩子头上的军帽。一阵狂笑间，骑车的两个初中生呼啸而去。

被抢的男孩子站在路边，呆愣愣站了一会，咧开嘴刚要哭，从后面又来了一群骑自行车的孩子。看这些人的年龄，显然是附近高中的学生。他们中的一个，恰好就是那个被抢男孩子的哥哥。那哥哥看见哭泣的弟弟，并没有下车，他把手闸一捏，抬起一条腿蹬在马路牙子上。然后招手把弟弟叫过去，问了几句话。弟弟抽泣着说完，哥哥一挥手，这一伙高中生就上车疾驰而去。

等我走到下一个路口，就看见那伙高中生，把刚才抢军帽的两个初中男孩按在地上猛揍，其中一个抢军帽的初中生鼻子都被打出血了，另一个则被打得眼睛青肿，像个熊猫。两人连哭带叫，大声求饶。

我见此情景，吓得一溜小跑，绕路回了家。

绣儿姑

□

□

小姑有个初中女同学，叫绣儿，长得非常好看，我叫她绣儿姑。

绣儿姑和小姑好得像一个人一样，整天形影不离。绣儿姑不但长得好看，性格也好，温柔娇羞，我很喜欢她，奶奶和妈妈也很喜欢她。我家堂屋墙上的大镜框里，有一张她和小姑的合影，她亭亭玉立地站在我家众多的亲戚中间，俨然是其中一分子。

后来小姑和绣儿姑一起上山下乡，去了新疆生产建设兵团。不久，绣儿姑因病回城休养，她来家里看望奶奶，带来了一个硕大的哈密瓜。那是我第一次吃到哈密瓜，真的像蜜一样甜。绣儿姑坐在床沿上跟奶奶拉家常。她给奶奶看自己手掌心里磨出的老茧，说起农场的艰苦，一边说一边悄悄抹眼泪，奶奶和妈妈也跟着抹眼泪。过一会又说到边疆的奇闻轶事，三个人又笑成一团。我虽然听不懂她们的话，但趴在床边也津津有味地跟着听。

后来，小姑考上大学离开了新疆，我就再也没有见过绣儿姑。

我考大学那年，有一次和妈妈在百货大楼逛，在二楼的毛巾柜台，看到了卖毛巾的绣儿姑。十多年没见，要不是她主动叫住妈妈，我和妈妈都认不出来她了。她脸上打了很厚的粉，嘴唇涂得血红，眼角全是细密的鱼尾纹，她说话的样子放肆而粗鲁，还不时“嘎嘎”地大笑，透着一种满不在乎，我简直不敢相信这是绣儿姑。

从百货大楼出来，妈妈告诉我，绣儿姑当年为了回城，在新疆和一个兵团干部好上了，后来被干部的老婆给当场拿获，搞臭了名声。绣儿姑看回城无望，就和一个当地人结婚了，直到前几年才离婚，自己回了家乡。

听完妈妈的话，我的脑海里又浮现出那个在我家镜框里浅笑的娇羞少女。

我家堂屋墙上的大镜框里，有一张绣儿姑和小姑的合影，她亭亭玉立地站在我家众多的亲戚中间，俨然是其中一分子

自杀的小林姑娘

□

□

我第一次近距离面对死亡，是一九七八年的夏天，我搬到家属院的第一个夏天。

那天晚上，我坐在前院的操场上乘凉，突然听到院长夫人撕心裂肺的高喊从后院传来："周医生，周医生——！"正在乘凉的周医生听了浑身一颤，站起身循着声音就往后院跑。我立刻起身，也跟着周医生往后院跑。

周医生跑到院长家门口，只见院长家屋门大开，房间里弥漫着一股浓烈的敌敌畏味。屋子当中的水泥地上，躺着一个身体佝偻成大虾状的姑娘，我认出她是化验室的化验员小林。院长指着躺在地上的小林，对进门的周医生说："敌敌畏中毒，你懂急救，现在怎么办？"

周医生大声命令周围的人："拿肥皂水来！"

肥皂水很快拿来了，周医生蹲在地上，用手掰开小林紧咬的牙关，把肥皂水往她嘴里灌，几个人帮着周医生按住挣扎乱动的小林。小林咽了几口肥皂水，突然"哇"地大口呕吐起来，屋子里顿时弥漫了更加浓烈的敌敌畏味道。我刚挤进屋子，就被大人们拎了出来。我顺着大人的腿缝往屋里看，看到小林姑娘那扭曲的、被污物弄得有点狰狞的脸，感到既陌生又害怕。她的双手和身体被按住，只有双脚无望地在地上蹬来踹去，就像被杀的鸡临死前的抽搐。

抢救进行了几分钟就结束了，因为小林死了。大家把小林抬到院子里，用一条白被单盖上，小林的一只手臂滑出被单外，手掌无力地摊开，像个半张的嘴，可惜什么也说不出来了。

大人们对小林的死因讳莫如深。很久后我才知道，小林生前爱上了一个有妇之夫，而且，不小心怀孕了。她想去医院做流产，但那时候做人工流产必须要单位开证明。那时候一个未婚姑娘意外怀孕，只有两条路：一、迅速结婚，生下孩子；二、让单位开证明做流产，承担未婚先孕的恶名。小林姑娘选择了第三条路——喝敌敌畏。但是，她喝完后又后悔了，跑到院长家去求救，最终因为中毒时间太长，香消玉殒，终年二十三岁。

大家把小林抬到院子里，用一条白被单盖上，小林的一只手臂滑出被单外，手掌无力地摊开，像个半张的嘴，可惜什么也说不出来了

糊火柴盒

七十年代，为补贴家用，很多人家都领了外加工活在家里做。外加工活的种类各地不同，不过都是便于操作、技术含量比较低的，我们家乡常见的就是纺麻绳、用尼龙草编花篮、糊火柴盒、打竹帘儿等。我们家属院的女孩子王被尊称为"女司令"，她名字叫超美，超美家就领外加工活做，常年做的是糊火柴盒。

对于我们这些不知生活艰难的孩子来说，糊火柴盒也好，纺麻绳也好，都像益智游戏一样吸引人。再加上有"女司令"的这层光环，所以去超美家糊火柴盒，就变成了一个人人争先的集体活动，院子里的女孩子都以去超美家糊火柴盒为荣。而超美呢，她从来不用糊火柴盒，由她姐姐赶英培训院子里的女孩子糊就足够了。此外，赶英还负责质检，如果哪个女孩子糊的火柴盒老是不合格，她就向超美投诉，超美就老实不客气地命令那个女孩子"一边待着去"，然后替换上一个技术过硬的。

糊火柴盒分成三个步骤。第一步，把纸张粘贴到做火柴盒框架用的篾片上；第二步，把粘好纸条的篾片折成一个方框，两头粘牢；最后一步，把这个方框套在一个火柴盒大小的蜡模子上，再加上一张底托纸，四周纸条一边一边在底托纸上粘好，一个火柴盒就成了。前两个工序，一个工序一人，最后一道工序费时，需要两个人，整个工序正好需要四个人同时作业，通常是赶英带着三个志愿者，各居一面，围桌而坐，专心致志地忙碌着。

开始糊火柴盒的时候，超美就跷着二郎腿坐在门口嗑瓜子，同时，跟屋里糊火柴盒的女孩子们聊着天。这样一来，糊火柴盒的四方桌子就成了一个和"领导"亲近的桥梁，能否坐上这个桌子帮"领导"糊火柴盒，是检验自己在院子里"江湖地位"的硬指标。所以大家虽不明说，但暗地里对那三个位子的竞争很激烈，寒暑假的时候还出现排队"竞岗"的场面。

记忆里，我只有一次坐在了超美家糊火柴盒的桌旁边，因为那是一个下雨天，没人光临，超美勉为其难地同意了我的请求。但是刚糊了五个，就出现了两个残品，我立刻被撵下了工作台。

开始糊火柴盒的时候，超美就跷着二郎腿坐在门口嗑瓜子，同时，跟屋里糊火柴盒的女孩子们聊着天

攒糖纸

□

□

我攒糖纸的历史很悠久，可以追溯到上小学前。刚开始，薄薄的一本《革命样板戏选曲》还夹不满，后来，经过我不懈的积攒、精心的调换，我的糖纸夹满了《鲁迅全集》一、二、三卷，并按图案配成套、按厂家形成系列。

糖纸的质地大体可分牛油纸和透明塑料纸，后者我们叫玻璃纸。玻璃纸糖纸最受欢迎，一是因为好看，二是因为如果皱了或者脏了，可以用清水擦拭、熨平，仍旧可以恢复得像一张新糖纸，把它平放在手心里，可以优雅地慢慢卷成一个圆筒——这是检验优质糖纸的标准之一。而牛油纸因为包过糖，所以两头总会留下死褶，怎么压也弄不平。

因为攒糖纸，每到家里分糖果或者有什么特殊恩赐得到糖果，姐姐总是理所应当地拿走我的几颗，在我还没来得及抗议的时候，她马上说："糖纸都给你！"说完还示意一下自己的那份糖，我往往在这一句话的引诱下就失去了一些糖果。相比来说，弟弟比较实在，他吃完的糖纸会无偿给我，但是他的糖纸破损和失踪太多，不能做太大指望。

其实，攒过糖纸的人都知道，指望家里百年不遇的分糖果而积攒糖纸，那不是专业攒糖纸的人干的事情。要想攒糖纸，就要削尖脑袋从各种渠道搜集糖纸，我最疯狂的举动，是带着弟弟到垃圾箱里去翻找糖纸，回来后被爸爸狠揍一顿，再也不敢去了。

我有一个远房姑姑在糖果厂工作，她每次来我家，我都有意识地向她大献殷勤，最终引起了她的注意。一次，她从厂里给我拿了一沓子崭新的虾米酥糖纸，可把我乐坏了！虽然是牛油纸，但全都是崭新的，一个褶没有，闪闪发亮，这在糖纸界是非常罕见的。我保留了四张，剩下的全都和别人换成了我没有的玻璃糖纸。

后来，我没考上重点初中，妈妈一气之下把我夹了糖纸的三本《鲁迅全集》都当废品卖了，从此结束了我近十年的攒糖纸事业。

虽然是牛油纸，但全都是崭新的，一个褶没有，闪闪发亮，这在糖纸界是非常罕见的

图书管理员

□

□

弟弟上小学后，我们姐弟三人都到了识文断字的年龄，妈妈为了更好地开发我们的智力，就给我们买了很多小人书。渐渐地，我家小人书的存量达到了别人羡慕的地步。

小人书虽然多，但是我和弟弟却一本也没和别的小孩交换过，甚至有的小人书，我都没看过，这是因为姐姐是我家的图书管理员。姐姐是非常喜欢小人书的，所以，自从妈妈把这个大权交给她以后，她就变着法儿地“管理”小人书，而“管理”的最终目的，就是让我和弟弟摸不到小人书。

姐姐上任后第一件事，先是把装书的箱子上了锁，然后把所有小人书包上白书皮，书皮上只写编号不写书名，按照编号把书排放在箱子里。然后再把书名和编号统一写在一张白纸上，贴在墙上。我和弟弟要借阅的话，只能报书的编号，由她在箱子里找出来给我们。

这方法让我和弟弟如坠五里云雾——不看内容和封面，很难找到自己爱看的小人书。而且，借阅规则十分严苛，一次只能借一本，要还了才能借第二本；如果借出来发现不是自己想看的，那就要看姐姐当时的心情如何，心情好的话能马上调换一本，心情不好，就要等明天了。后来，姐姐又规定，只有星期一到星期六“图书馆”才开放，因为星期天她要出去见同学、补课。所以，每到星期天，别的孩子都拿着大摞的小人书互相交换，我和弟弟就只能看着书箱干瞪眼。

姐姐上高三后，因为功课紧，妈妈把图书管理大权交给了我。我兴高采烈地把书箱从姐姐床底下搬出来，推进自己的床底下，以为自己占了多大便宜。等打开书箱一看，里面那些精美的小人书，如《钢铁是怎样炼成的》《孙悟空三打白骨精》等，早就没有了，剩下的都是早就被翻烂的《小英雄雨来》《红灯记》等。

姐姐在交出兵权的同时，也带走了她心爱的精锐。

我兴高采烈地把书箱从姐姐床底下搬出来，推进自己的床底下，以为自己占了多大便宜

雷锋叔叔到我家

□

□

粉碎“四人帮”后，全国各界都进入了“同心同德奔四化”的紧张状态，全国上下沉浸在一片激情澎拜的奋斗气氛里。

我爸爸受到单位重用，被抽调去外地接受业务培训；妈妈被选去主持全市妇女卫生健康普查，几天回家一次。这下，家里的常住居民只剩下我们姐弟三个。姐姐当时上高中，功课紧张，有时候中午也不能回家。所以，做中午饭的重担就落在我的肩头。我每天中午用蒸锅把馒头和剩菜热热，就算一顿午饭了。

用蒸锅热饭，说起来简单，但对于十岁的我来说，比较困难。厨房里是砖砌的蜂窝煤炉子，炉子高，我个子矮，蒸锅又大，我每次都是踩着小板凳，才能将装着馒头的蒸锅安放到炉口上。

一天中午，我正站在凳子上热饭，爸爸的老战友孙叔叔来了。孙叔叔和爸爸是发小，当年一起参军，后来爸爸复员，孙叔叔留在部队。孙叔叔这次是探亲回家，顺便到我家探望爸爸。那天，孙叔叔穿着一身整齐的军装，领章、帽徽、黑皮鞋，煞是威武。他一进家门，看到站在凳子上热饭的我，立刻走过来，把我抱下凳子，然后把袖子一卷，二话不说就给我们做起午饭来。

这是我们家属院头一回来个货真价实的解放军，而且还在我家做饭！消息传开，小伙伴们都挤到我家院子门口，围观孙叔叔。我和弟弟站在院子里，一边维持秩序，一边回答孩子们的提问。孩子们问这个解放军叔叔是谁？我很小时候见过孙叔叔，但根本不记得他姓名，弟弟更是从没见过他。我正踌躇着，没想好怎么回答，弟弟就骄傲地回答说：“他就是雷锋叔叔！”

话音未落，引来小伙伴一阵惊叹。

“雷锋叔叔”给我们热好了馒头，炒了个圆白菜，看我和弟弟吃得津津有味，他解下围裙就匆匆离开了。

第二天中午，妈妈回到家，还没进我家院子，就听说我家昨天来过一个叫“雷锋”的解放军。

“雷锋叔叔”给我们热好了馒头，炒了个圆白菜，看我和弟弟吃得津津有味，他解下围裙就匆匆离开了